中国、茶・酒・煙草のエッセイ

多田 敏宏
《編訳》
Tada Toshihiro

風詠社

目次

Ⅰ　茶のエッセイ　7

III　煙草のエッセイ　145

I　茶のエッセイ

茶を飲む――〈魯迅〉

ある茶の販売店がセールをやっていたので、上等の茶を百グラム買った。五十グラムで二角だった。沸かして急須に入れ、冷えないように綿入りの服でくるんだ。が、意外なことに、丁重に飲んでみたら、いつも飲んでいる安物の茶と同じような味で、にごっていた。

私のミスだった。上等の茶は、蓋つき茶碗を使って飲まねばならないのだ。そこで蓋つき茶碗を使ってみた。果たして、色は清くて甘みがあり、ほのかな香りとかすかな苦味を感じた。確かにいい茶葉だ。だが、静かに座ってのんびりしているときしか味わえない。小説の原稿を書いているときに飲んでみたが、いつのまにかいい味がなくなっており、安物の茶のようだった。

いい茶があり、それを飲めるのは一種の「清福」だ。だが、この「清福」を享受するためにはまず時間が必要で、次に特別な感覚を磨かねばならない。肉体労働者がのどが渇き切っている時に竜井茶やセンリョウの香りをつけた茶を飲んでも、湯と区別がつかないのではないかと、このささいな経験から感じた。

「秋の思い」も似たようなものだ。文人墨客なら「悲しきかな秋の気たるや」という言葉や天気の移り変わりに刺激され、一種の「清福」を感じるだろう。だが、農民だったら、毎年この時節になると、稲を刈ることしか考えない。

それゆえ、この細やかで鋭敏な感覚は、粗野な人にはなく、上品な人のトレードマークだと考える人もいる。しかしこのトレードマークは滅びを告げているのだと私は思う。私たちには痛覚がある。私たちを苦しめる一方で、守ってもいる。痛覚がなかったら、背中をナイフで刺されても、全くわからず、血が尽きて倒れても、自分がなぜ倒れたのかもわからない。だが、この痛覚が細やかに鋭敏になってくると、服についた小さなとげや縫い目にまで苦痛を感じてしまう。「天衣無縫」の服を着ていなければ、一日中いてもたってもいられず、生きていけない。鋭敏さを装うのは当然例外だが。

感覚が細やかで鋭敏なのは、生命の進化に役立つ限りは、鈍感なのに比べれば当然進歩だ。そうでなければ有害であり、進化における病態となる。私たちは「清福」を享受しようとしている。が、秋の心を抱くみやびな人と、粗衣粗食の粗野な人とどちらが生存していくか、はっきりしている。茶を飲み、秋の空を眺めながら、「いい茶がわからず、秋の思いがなくても、それまでだ」と思った。

茶を飲む（一）――〈周　作人〉

前回、徐志摩さんが平民中学で「茶を喫する」という講演をした。それは胡適之さんの言う「茶席での調停」に関することではなかった。私はそれを聞きにいく時間もなく、徐さんが精魂こめて書かれた講演原稿も見ていない。だがその講演は日本の「茶道」に関するもので、素晴らしい内容であったと推察している。「茶道」の意義は、平凡な言葉で言えば、「忙中閑を盗み、苦中に楽をなす」ことにある。不完全な現世においてわずかな美と調和を享受し、刹那に永遠を体得する。日本の「象徴文化」を代表する芸術だ。この点に関しては、徐さんが徹底的に解説されただろうから、多くを語る必要はない。私が話したいのは、私個人が、普通に「茶を飲む」ことについてだ。

茶を飲むことについては緑茶が正統で、紅茶には何の意味もない。ましてや砂糖や牛乳を加えるのは論外だ。ギッシングの「ヘンリー・ライクロフトの私記」は確かに趣き豊かな本だが、その冬の章に飲茶（ヤムチャ）について記載があり、イギリスの家庭においては午後の紅茶とバタートーストが一日の最大の楽しみであり、中国の飲茶（ヤムチャ）は千年の歴史はあっても楽しみと実益はその一万分の一しかない、と書かれている。まったく納得できない。紅茶を飲みながら「トースト」を食べるのは、ただの食事であり、飢えをしのぐ手段に過ぎない。私が茶を飲むのは、緑茶を飲んで、その色と香りと風味を味わうことに主眼があり、必ずしも渇きをいやすためだけではないし、当然食欲を満たすためでもない。中国ではかつて茶の葉を煎じたり粉にしたりしたが、現在では湯にひたして飲むだけだ。岡倉覚三が「茶の本」で「自然主義の茶」という上手な言い方をしているが、私たちが重きを置くのはこの自然の妙味なのだ。中国人は茶館に行って、茶碗に囲まれ長い間飲んでいるが、まるで砂漠から帰ってきたようなありさまで、私が茶を飲むときの気持ちと合致している。福建や広東には「功夫茶」なるものがあると聞くが、それも理屈に合うものだ。ただ残念ながら最近は西洋の影響を受け、本来の意義を失い、「レストランの飲み物」になってしまっている。農村部に古い伝統がわずかに残っているが、家屋や道具が質素に過ぎる。「茶を飲む」意味を体現しているとも言えるが、「茶の道」を体得しているとまでは言えない。

茶を飲むときは瓦屋根と紙を張った窓の下で、清らかな泉の水で緑茶を淹れ、質素だが趣き豊かな茶碗を使う。二、三人でともに飲めば、半日の閑が得られるが、それは十年の夢に値する。茶を飲んだ後、再びそれぞれの仕事を続けるわけだが、名のためであれ利のためであれ、それはやむを得ない。だがたまに優雅なひと時を過ごすことは絶対に欠かせない。中国では茶を飲むときによくスイカの種を食べるが、あまり適切ではないと思う。茶を飲むときに食べるのはもっと軽い「茶請け」であるべきだ。中国の茶請けは「満漢の菓子」になってしまったが、その性質は「外国」とほとんど変わらず、茶を飲むときに食べるものではない。日本の菓子は豆や米から作られるが、その優雅な形と色彩、質素な味は、茶請けにふさわしい。様々な色彩の「羊羹」（上田恭輔氏の考証によれば、中国唐時代の羊肝餅が起源とのことだ）は、ことに風味がある。江南の茶館には「干絲」と言われるものがある。豆腐干をみじん切りにし、みじん切りのショウガとしょうゆを加え、とろ火で煮込み、ごま油をかけて客に出す。豆腐干の中に「茶干」と呼ばれるものがあり、今はみじん切りにするが、茶とよく合う。南京にいたときよく食べたが、ある寺の住職の作るものが絶品だと聞いた。食べたことはあるのだが、もう忘れてしまった。ただ南京下関の江天閣で食べたことしか覚えていない。学生たちの習慣では、ふだんは「干絲」が出てきても、すぐには食べず、ごま油を再度加え、湯をもう一度入れ替えてから、箸をつける。すぐに食べてしまうと、次から次へと出てきて、対応できなくなってしまうからだ。

私の故郷昌安の城門外に、三脚橋というところがある。そこに周徳和という豆腐店があり、茶干がとても有名だ。普通の豆腐干は、長さが数センチ、厚さは数ミリで二文だが、周徳和のものは値段は同じで、もっと小さくて薄い。黒くてしっかりとしており、まるで紫檀のようだ。私の家は三脚橋から歩いて二時間のところにあったので、簡単には買えず、油で揚げたものしか食べたことがない。毎日だれかが天秤棒で鍋を担ぎ、街角で叫びながら売っていた。「からいよからい、ごま油で揚げた、周徳和の豆腐干だ！」と叫んでいたように思う。

　その製法は上述したとおりだが、一枚三文だった。サイズは周徳和の店で売っているものと同じだったが、もっと柔らかかった。たぶん一般向けの品物だったのだろう。こういう調理をすれば、茶請けではないものの、素晴らしい食品になる。豆腐は確かに絶妙な食品で、様々なものに変化する。西洋には受け入れられていないが、その点は茶と同じだ。

　日本ではご飯に茶を注いで食べるが、これは「茶漬け」と呼ばれ、「たくあん」という漬物で味をつける。とてもさっぱりとした風味だ。中国人がこういう食べ方をするのは、困窮しているときか節約しているときだけだが、さっぱりとした茶とご飯に味わいを見出す者が少ないのは残念だ。


〈一九二四年十二月〉

茶を飲む（二）――〈周　作人〉

「茶を飲む」というのはいい題名なので、文章を一篇書こうと思った。ふだん文章を書くときは、まず内容を考え、心の中で組み立て、あらましを考えてから、書き始める。書き終わってから、題名を考える。だが、何人かの近代の文人は題名を定めてから文章を書くようだ。イギリスのある作家もそうで、題名を思いつかないと、辞書をめくり、たとえば「金魚」という言葉が目に入ると金魚に関する文章を書くそうだ。このやり方は面白いが、もっぱらエッセイを書き、実力のある文人にしかできない。他人がみだりにまねをしても、何も成し遂げられない。私がこの文章を書く際にも、先に内容を考えてから書いていくという、正統なやり方を採用した。が、題名が面白いと思ったので、前口上としてとりとめのないことを書いたままでだ。

実は、茶を飲むことについては私のレベルは高くない。質も量も標準以下だ。かつて蘇東坡は「酒を飲むときは口が湿れば、それでいい」と言ったが、私が茶を飲むのもそれに近い。書物によると、古人は茶を多く飲んだそうで、唐時代のある人は「茶を七碗飲んだら両腋にそよ風が吹く」と言っている。その碗は小さくはなかったようで、六朝時代の人は「水厄」という言葉を使っていた。

私が飲むのは一碗だけで、彼らの時のようにショウガや塩で煮た茶を味わったことはない。どんな味だったかは知らないが、子供の頃に飲んだ風邪薬入りの茶と似ていたのではないか。茶葉の質についてもあまりこだわらず、緑茶であればいい。竜井の普通のものを飲み、名のある羅岕などは見たこともないので、茶の味についてあれこれ言う資格はない。

子供の頃からずっと地元で産し地元で加工した茶葉を飲んできた。本山茶というのだが、茶葉は丸まってひとかたまりになっており、竜井のようにまっすぐではなかった。とても安く、上等のもので五百グラム百六十文だった。近年北京にもこの茶葉が出回り、平水珠茶という美しい名で呼ばれているが、手に入らないので、相変わらず竜井茶を飲んでいる。普通のものしか手に入らず、旗槍や雀舌などは見たこともない。運が良ければ市場で碧螺春が買えるが、あまりお目にかからない。以前江西の友人が、六安茶を送ってくれたことがある。また南京にいる安徽出身の友人の家で太平猴魁を飲んだことがある。とてもおいしかったが、それ以降は飲んでいない。最近広西の友人が、故郷の茶葉だと言って、横山細茶と桂平西山茶、それに白毛茶を送ってくれた。なかなかのもので、おだやかな味だった。たぶん沱茶の一種で、紅茶の風味が少しした。その友人は、西南部に苦丁茶というものがあると言っていた。小さな葉で碧緑の茶が淹れられるが、とても苦いということだった。教え子が送ってくれたいわゆる苦丁茶を飲んだことがある。市場で買ったもので、西南部から持ってきたものではないが、とても苦く、淹れた後の葉は大きくて厚く、茶の色は緑ではなくて、褐色だった。私の故郷で墓のわきに植えられている狗朴の木で、茶とは別種のものだった。私は北京の人が飲む「ジャスミン茶」は好きではない。香りもいやだし、甘ったるい味もいやだ。

以上が私の茶に関する経験のすべてで、茶を飲むことについて語る資格などない。が、「いい題名」だと言ったのは、茶を飲むことについてはともかく、茶についていろいろ研究するのが好きだからだ。言葉を換えて言えばこういう題名が好きで、いくらかの文章を書いてきたので、私が真に茶を理解していると思い込んでいる人が多いようだ。数日前大学で勉強している人がやってきて、「先生は茶を飲むことを愛し、深く研究しておられると伺っていましたが、そうではないことがわかりました」と言った。「そうですか。私の文章に騙されたのですよ。『ことごとく書を信ずれば則ち書無きにしかず』と孟子が言っています。今あなたは実験から真相を知りました。文字に頼るだけでは騙されることもあるのです」と私は答えた。

「茶を飲む」がいい題名だと言ったのは、こういう叙述ができるからだ。私はいろいろ書くのが好きなだけで、茶碗を捧げ持ってじっくり飲んでいるわけではない。

〈一九六四年一月二十七日　香港「新晩報」〉

茶を飲む（三）――〈周　作人〉

郝懿行は「証俗文」の中で「茶を飲む習慣は漢の末に始まった。その萌芽は前漢だが、最初は茶葉を食べていたようだ。後漢の末に蜀や呉の人が茶を飲み始めた」と言っている。「世説」によれば、王濛は茶を好み、人が来ればいつも茶を飲んだ。士大夫たちはこれを苦にし、王濛のところに行くたびに、今日は「水厄」だと言っていた。また「洛陽伽藍記」によると、王粛が魏の洛陽に住み始めた当初は羊肉を食べず、ヨーグルトも飲まず、フナのとろみスープを食し茶を飲んでいた。彼が大量に茶を飲むのを見た人々は、「漏卮」と言った。六朝時代の南方では茶を飲む習慣が普遍的だったようで、唐朝が南北を統一すると、その風習が大いに流行した。陸羽や盧仝などの登場がその証だ。だが、当時の茶は西洋人の飲む紅茶やコーヒーに近いもので、後世の緑茶とはかけ離れたものだった。明の田芸衡は「煮泉小品」の中に以下のように書いている。

「唐の人は茶を煎じるときショウガや塩をよく使った。それゆえ陸羽は、湯を沸かしたら塩で味をつけるが、ショウガはさらにいい、と書いている。蘇軾は茶に入れるにはショウガがよく、塩はよくないと書いている。私は塩もショウガも余計なものだと思う。山に暮らして水を飲めば、その二つに山のすがすがしい気を損なわれず、いいものだ。茶にも不必要だ。最近の人は茶を飲むときに茶菓子を食べるが、俗っぽいことだ。味のよい茶菓子であっても茶の味を損なうので、ない方がいい。北の人は茶にミルクを混ぜるらしいが、野蛮なやり方だ。梅や菊、ジャスミンの花で茶に香りをつける人もいる。香りそのものはよくても、茶本来の味を損なうので、いい茶には不要だ」

これは緑茶のよさを喧伝しており、自然であることに重きを置いている。「かたまりになっている茶は茶葉をひき潰したものなので、本来の味が損なわれ油で汚れている。いい品ではない。芽茶のほうが自然で、すぐれている。芽茶は火であぶったものはあまりよくない。太陽にさらしたものが、自然に近くて、いい品だ」という言葉も同じことを表現している。

明代の謝肇淛は「五雑俎」で、「古人は細かな茶を愛し、粉末にして蒸していた。童子が竹林の向こうで茶臼を敲くという言葉のとおりだ。宋の初めに碾き臼を使い出し、揉んだりあぶったりは明代に始まった。だが、揉んだものは粉末にしたものほど保存がきかない」、「元代の『文献通考』に『茶にはかたまりのものとばらばらのものがある。ばらばらのものは蒸さずに干したもので、今の茶がそうだ。元朝が南に渡ってから茶は蒸さないようになった』と書いてある」などと述べている。

清の乾隆帝の時代、茹敦和は「越言釈」を著し、その中で「茶葉は蓋つきの茶碗に入れて淹れるものだ」と記している。以下は茹敦和の文だ。

「『詩経』は茶は苦いと記し、『爾雅』には苦茶という言葉があって、茶という字は荼という字を一画減らしてできたともいわれている。この点は他の人が述べているので、ここでは繰り返さない。茶の理論は唐時代に盛んになり、茶を飲む風習は宋時代に盛んになった。今の葉茶の起源はわからないが、宋時代にはすでにあった。浙江の人が始めたのではないか。炒青という言葉が陸游の詩にあり、『安国院で茶を試す』という詩作もある。その注に日鋳茶は小瓶蝋紙で包み、顧諸では赤や青の絹袋に貯え、すべて献上品にしたと記されている。小瓶蝋紙は今でも使うが、日鋳茶は浙江の茶だ。かたまりにはせず、炒青や蒼竜爪とも呼ばれ、葉茶だ。葉茶とは、臼でひいた茶に対する言葉だ。古人は茶を飲むとき、葉茶であれ臼でひいた茶であれ、菓子を付けた。これを点茶と言った。必ず茶器の真ん中に置いたので、点心という言葉ができた。殺風景ではあるが、俗人にとっては恭しいことで、欠かせなかった。嶺南の人は梅の砂糖漬けをよく用い、浙江の人は紅ショウガを好んだ。ハスの実の菓子もよく用いられた。その後菓子や果物類を器に入れ、そこに茶を注ぐようになったが、これを果子茶と呼んだ。かつての点茶とは異なるものだ。盛大な宴会で貴賓をもてなすときに、菓子や果物を高く積み上げて派手に飾るようになった。値段が高くついたので高茶と言われたが、見るだけで食べるものではなかった。茶という名前がついているだけで、全く関係はない。金のかかるものこそ貴いという考えがある。茶もそのようだが、それでは格調や趣きを求める必要がなくなってしまう。広東に福茶というものがある。塩やショウガで茶を煎じた名残であり、古い趣きを伝えている。浙江の高茶とは異なるものだ」

私は生まれたのが晩く、一八八四年の馬江の海戦の後だ。だが田舎には古いしきたりが残っていて、高茶なら時々見た。極めて精巧なものや、五層七層のもの、人物や故事を表現したものなどがあった。しかし現在は客には供さず、新年に先祖の画像の前に置くだけだ。高茶から高果を思い出した。かつて結婚の祭祀の時に用いられたもので、錫の碗に竹を立て、いろいろな野菜や果物を束ねて三十センチほどの高さにしたものだ。オオクログワイやキンカンを使ったものが多かった。もっとも忘れがたいのがサトウキビを使ったものだ。皮付きの赤いサトウキビを削って人物の形にした「サトウキビ菩薩」なるものがあり、古風な趣きがあった。子供の頃この「菩薩」をもらうと、サトウキビを食べる時よりうれしかった。ハスの実の茶は珍しくなかった。ハスの実が一般的だったからだろう。アンズとリュウガンは高く、オニバスは平凡で、ユリとインゲン豆は安物だった。結婚披露宴の時は、ハスの実の茶と葉茶を使った。ふだんの親戚の往来には葉茶を使用するので、それに果実の茶を付け加えたということだが、だいたいハスの実を用いた。范寅の「越諺」の中に「母はハスの実とクリ、ナツメを以て娘を嫁に出す」、「新婦はハスの実とクリ、ナツメを煮て、夫の家の家族や親戚に供する」などと書かれている。この風習は今でも残っている。

茶はもともと木の葉で、摘んで汁をとって飲むものだ。簡単なことのようだが、実際はそうではない。呉から南宋まで千年が過ぎ、かたまりの茶から葉茶を用いるようになり、明になって塩やショウガを入れなくなった。が、今でも点茶には菓子を用いる。南方には今でも果子茶があるが、茶の店で手すりにもたれて飲む一碗の緑茶こそ、本物の茶だ。竜井茶がそうで、農民や労働者から大臣に至るまで同じ考えだろう。しかし北方の民衆はジャスミン茶を好む。二度香りをつけたものを貴いとしているが、古い習慣が残っているのだろう。私はミルクも茶も飲む。茶はいつも飲むが、ミルクはたまにしか飲まない。茶は草木の類で、ミルクは牛や羊の類だ。人によって好みは違うが、私は草木の類のほうが好きだ。

〈一九三四年五月〉

茶を飲む（四）――〈周　作人〉

ある友人が華北大学第四部に入学した。当初はとても慎み深く、批判を心配して茶も飲まなかった。彼はずっと茶が好きで、竜井を飲んでいたのだが。同じクラスの人が煙草を吸うのを見て、「煙草を吸ってもいいのですか?」と尋ねた。もちろん「イエス」だ。そこで彼は「それならお茶も飲んでいいのですか?」と聞いた。当然だ。それ以降、彼は急須を使い、竜井を淹れて飲むようになった。彼のことはこれで終わりで、あとは私の感想だ。この友人の慎み深さは度を越えている。どうして茶を飲むことをそんなに恐れたのか。現在の文明世界で、茶を飲まぬ国はほとんどないし、ましてや茶は我々中国の産物だ。シルクや磁器と同じく国の誇りなのである。

しかし不思議な話だが、茶の飲み方は国内で二派にわかれている。北京で茶館やレストランに入ると、ウエーターが必ず紅茶か緑茶かを聞く。これはジャスミン茶か竜井茶かと聞いているのと同じで、上述した二派だ。南北の二派と言ってもいいし、麦を食べる人と米を食べる人と言ってもいい。欧米人は紅茶だけを飲む。ミルクと砂糖を入れて、副食の一部としている。日本と朝鮮でも食後に飲むが、飲むのは緑茶で、砂糖を入れず花の香りもつけない。客をもてなすときに使うのは、中国と同じだ。北京ではたいていジャスミン茶を飲む。竜井は衛生によくないと思っているのだ。が、南方では竜井は上等とされ、花の香りをつけることに反対する。茶の清教徒と言えるだろうか？　しかし話を戻せば、福建や広東の功夫茶も紅茶を重宝する。それゆえ地域もしくは生活の区分は簡単ではないが、二派が存在するのは事実だ。

〈一九五〇年三月〉

苦い茶について――〈周　作人〉

去年の春たまたま作った諧謔詩二首が、意外にも上海で小さな騒ぎを起こした。今年のいわゆる中国本位の文化宣言と、異なるところがあったからだろう。前者に亡国のにおいを感じ取り、後者は国家の振興に必須のものだということだろう。その他に私の諧謔詩を歴史伝としてとらえて細かな検討を加えたり、書画骨董の類と論じたり、私が蒲松齢（聊斎志異の作者）のように妖怪の話を好んでいるとする論もあった。これらの見方には何の意図もなく、名誉を害されたわけでもないので、わざわざ訂正を声明する必要もない。だが、事実とかけ離れた点については申し上げておかねばならない。が、愉快なこともあった。以前私が苦い茶について書いたことを覚えていた友人が、特殊な茶葉をついでに買い、送ってくれたのだ。よく知っている友人で、好意にはとても感謝しているが、その茶は非常に苦く、多くは飲めなかった。

友人によれば苦丁茶というそうだ。本を調べてみたが、日本の本にしか載っていなかった。ツバキ科の常緑灌木で、幹は太く、葉は大きくて、十センチくらいの長さだ。晩秋に葉のわきに白い花が咲き、山地に自生するという。日本名は唐茶または亀甲茶といい、中国名は皐蘆または苦丁という。趙学敏の「本草拾遺」の巻六に「角刺茶は徽州に産する。土地の人が二月か三月に茶を摘むときに同時に十大功労の葉も摘むが、俗名を『ネズミのとげ』といい、葉を『苦丁』と呼ぶ。あぶって茶にして尼寺に出荷し、そこから金持ちの女性に転売される。女性がこれを服用すると妊娠しなくなり、妊娠を防ぐ第一の妙薬だ。五百グラムが銀八銭だ」と記されている。十大功労とネズミのとげは五加皮の木の別名で、五加皮科に属し、落葉灌木だ。苦丁の名があり、茶として飲めるといっても、別のものだろう。それにこの茶を飲めば妊娠を防げるとは友人は言っていなかった。皐蘆について他の本を調べてみた。「広州記」に「皐蘆は茶の別名で、葉が大きくて渋く、南の人が飲む」とあり、「茶経」にも「南方に瓜蘆という木があり、茶に似ているが、苦くて渋く、これを飲むと一晩眠れない」とある。南方の木のようだが、いったいどんな植物なのか？　本を読んでもわからなかったので、茶壷の中から葉を一枚取り出して、押し葉にするときみたいに平らにして乾かした。細かく見ると、私の故郷で墓のそばによく植えられていた木であることに気づいた。方言で狗朴と呼ばれる樹木で、葉の長さは七センチ、幅は四センチ、縁はのこぎりの歯のような形状だ。確かに亀の甲に似ている。茶として飲めるとは知らなかった。だがとても苦くて渋く、多くは飲めない。

しかし、私は興味を持った。白菊以外で、葉を茶として飲めるものがあるのだろうか？「毛詩草木鳥獣虫魚疏」の「山にツブラジイあり」という部分に「山に生えるツブラジイは田畑のものと大差ない。葉は耳のような形で、呉の人はその葉を茶として飲んでいる」と記されている。また「五雑俎」の巻十一に「緑豆を少し炒め、熱湯に入れる。緑色で、香りは新茶に劣らない。茶のない人は代わりに飲む」とある。黒豆を炒めてコーヒーの代わりにするのと同じだ。また「芽吹いたばかりの北方の柳の芽を湯に入れると、茶よりおいしい。曲阜にある孔子一族の墓地のオウレンボクの芽も煮ればおいしい。福建中部のブッシュカンをスープにすれば、清らかな香りで、色と味は旗槍に次ぐ」ともある。巻十に孔子一族の墓地のオウレンボクについて「その芽は香りがあって苦く、茶の代用品となる。食べてもおいしく、俗に黄連頭と呼ぶ」との記載がある。私は孔子一族の墓地には行ったことがなく、オウレンボクがどんな樹木かも知らないが、黄連頭は子供のころ食べたことがある。とてもおいしかった。木の芽を茶葉の代わりに使うことについては、「湖雅」の巻二に「桑の芽の茶。山中に俗名を新桑英という木があり、若芽を摘んで茶の代わりにする。蚕の食べる桑とは別のものだ」、「柳の芽の茶。柳の芽も茶の代わりになる。美しい緑だが、香りはない」と記されている。

茶の代わりになるものは多くあり、コーヒーなどの舶来品もある。いろいろあって面白いとは思うが、私は、茶、それも緑茶しか好まない。紅茶やジャスミン茶はコーヒーに近い感じがする。大した理屈はない。子供のころから家で本山茶を飲んできたからだ。のどが渇けば湯を飲むが、いつもそこに茶葉を入れる。それに慣れて、規則のようなものになっただけだ。茶を理解し、味わい、何か哲学や主義を持っているか？　必ずしもそうではない。苦い茶が好きで、苦くない茶は飲まないのか？　必ずしもそうではない。それでは詩や庵の名に「苦い茶」という言葉を使っているのは偽りなのか？　必ずしもそうではない。私は出家はしていないが嘘はつかない。説明が必要なら、小学校に行けばいい。わが友沈兼士さんがこんな詩をくれた。「茶碗を捧げ持つと澄み切っている、魚は古くから歌を詠む。眼前のすべてを覚えてほしい。茶はもともと苦いのだ」。

〈一九三五年二月〉

「茶の本」（岡倉天心著）序文――〈周　作人〉

方紀生さんが岡倉氏の著作「茶の本」を中国語に訳し、私が序文を書くことになった。

私は「茶の本」の英語の原文を読んだことがあり、村岡氏による日本語訳も読んだが、とても気に入ったので、序文を書けるとは光栄だ。だが、どう書けばいいのか？　著者と著書の内容についての解説なら、力を尽くしたいが、遺漏も多かろう。自らの拙さは見せたくなかったので、しばらく放っておいた。が、近日方さんから電信があり、原稿を印刷に回したのではやく序文を書いてほしいと言ってきた。もう断り切れなくなり、書くしかなくなった。そこで方法を変え、過去のことを持ち出して解説することにした。岡倉氏にかかわる書物はすべてしまい込み、陸羽の「茶経」と陸廷燦の「続茶経」、劉源長の「茶史」だけを机の上に置いた。これらの書物をめくっていると、ふとあることに気がついた。茶の起源は中国にあり、「茶経」という書物もあるのに茶道は発生しなかったということだ。「瓶史」があるのに花道が発生しなかったのと同じことだ。なぜだろう？　中国人は宗教に関する情緒を欠いているので、「道」にはあまり熱心ではないからだろう。だが、それなら道教と禅をどう解釈するのか。そこで、中国の平民の茶の飲み方について考えた。茶を飲む場所のことを普通茶楼とか茶園とか呼ぶが、茶店という言葉もある。茶楼とは蘇州や杭州の方式で茶を飲んで茶菓子を食べるところで、茶店では緑茶を飲むだけだ。茹敦和の「越言釈」に以下の記載がある。「古い時代のいわゆる『坫』は土を重ねて作り、今のテーブルのように使った。北方で酒を売っているところは、大部分はテーブルはなく坫を使用した。それゆえ酒を売るところを酒店、飯を売るところを飯店と呼ぶようになった（訳者注：坫と店は中国語の発音が同じ）。今、都の高粱橋から圓明園に至る場所に、古めかしい店が並んでいるが、それは坫から名を取ったものだ」

私の故郷は樹木が多いので、店頭に坫は設けず板でできたテーブルと長椅子を置いていた。とても質素なもので、蓋つき茶碗を使用し、緑茶を淹れていた。茶を飲む人は長時間居座り、茶店に座るのは平民の楽しみの一つだった。士大夫はもったいぶって、茶店には行かず自分の家で茶を淹れ飲んでいた。それには独特の楽しみがあり、渇きをいやすためではなく、外国人のように砂糖やミルクを茶に入れ菓子を食べるのとも異なっていた。苦みや甘み、その後味をめでていたのだ。紅茶に砂糖を入れるのは俗物だ。茶道には宗教的な雰囲気があり、超越的なところがあるが、その源は禅僧だろう。中国の茶の飲み方は凡人のやり方で、儒家的と言える。「茶経」に「すすれば苦く飲み込めば甘いのが、茶だ」とあるが、これに尽きる。中国には昔は身分の差があったが、実際はひと塊で、大した区別はなかった。古代の官僚に俗物が多かったのがその実例だ。昔の日本は階級の別が厳然としており、風雅を楽しんだのは僧侶と武士だった。この違いは探求する価値がある。茶を飲まぬ中国人はいないが、茶道は日本でのみ発生した。禅と武士がそのキーポイントだろう。「茶の本」には西洋人にとっては聞いたことのないことが多く書かれているが、中国人にとっては意味はわかるが実践していないことが多く書かれている。一口に日本文化と言っても、多岐に分かれており、中国と一致するものもあれば、異なるところもある。

今、茶に関する方さんの翻訳を手にし、その相違点がわかり、とてもうれしい。その意味の異なるところを考察していけば、民族文化の理解を進めるうえで大きな力になるだろう。方さんも同じ気持ちに違いない。

〈一九四四年十一月二十日〉

茶のスープ――〈周　作人〉

古人の作品を読むと、思想や感情についてはだいたいわかる。年代の隔たりはあるが、インテリたちの意見は想像がつく。が、生活については分からないことが多く、想像もつかない。宋時代の人が書いた書簡を読むと、百年の隔たりもないように思えるが、実際は千年近くの歴史が流れている。その間の生活事情の変動については、記載が欠けていることもあり、確かめようがない。最も顕著な例が「食」だ。以前章太炎さんが考古学者を批判していた。漢時代の人は何を食べていたのかと尋ねても、答えられないだろうと言うのだ。これは当然困難なことで、漢時代の人の食については調べようがない。しかし宋時代については、巨鹿というところで民衆の家のテーブルやいすが出土し、歴史博物館に保存されているので、いすやテーブルのことはわかるし、食器についてもある程度は想像できる。が、何を食べていたのか？　調べようにも本がない。日常の雑事については書くのが面倒なので、記載が極めて少なく、まったく様子がわからない食品も往々にしてある。これはとても残念なことだ。今、範囲を狭くして、一つか二つのことについて、過去と現在を関連付けてみよう。

「水滸伝」の中で王おばさんが茶店をやっている。が、見たところ茶はあまり淹れていない。西門慶に「梅スープ」や得体の知れない「和合スープ」を飲ませている。西門慶が「少し甘くしてくれ」と言っているのを見ると、甘いものだったのだろう。それが終わると「生姜スープ」を二碗出している。その後武大娘を招き、「濃く茶を淹れ、松とクルミの実を加え」たものを出しているが、これは緑茶ではなく、スープの類だろう。ここで北京のいわゆる「茶のスープ」を思い出した。小麦粉に砂糖と水を加えて調理し、再度湯を加えて飲むもので、藕粉（レンコンからとった澱粉。お湯でといて飲み物にする）に似ており、子供たちが好む。他に「杏仁茶」や「牛骨髄茶」というものもある。よく似たものだが、別の風味があり、「茶のスープ」と混同してはいけない。この「茶のスープ」を見て、王おばさんが松とクルミの実を加えたという飲み物は、この手のものだと思ったのだ。茶葉は六朝時代に始まり、唐時代の人はすでに愛飲していたが、一種のぜいたく品で、一般民衆の手には入らなかった。「水滸伝」の中で茶を飲んだり茶で人をもてなしたりする場面を描いているのは、「茶」という名称を使用してそれらの飲み物を指しているに過ぎない。

この例を見ると、煩瑣な事物に関する記載も、現在の風俗と比較すれば、明らかになることもあることがわかる。現在の材料は小説だけで、どんなに頑張っても宋より古い時代のことはわからない。漢時代の食については、知るすべがないようだ。

北京の茶菓子――〈周　作人〉

東市場の古本屋で日本の文章家五十嵐力さんの「我が書翰」を買った。そこには東京の茶菓子店の菓子はみなおいしくない、上野山の下にある「空也」などのいくつかの店だけがおいしい菓子を作っている、食べてみると餡と砂糖が渾然と溶け合い、餡の味と砂糖の味の区別がつかなくなるくらいだ、と書いてあった。徳川時代の江戸の二百五十年を超える繁栄を思い出した。享楽の流れの余韻が今日も残っているのは当然だ。京都には及ばないが。北京が都として建設されてから五百年以上たつ。衣食の方面で素晴らしい成果を残していて当然なのだが、実際はそうではない。茶菓子についていえば、特別に美味しいといえるものを私は知らない。もとより私は北京の状況についてあまり詳しくない。行き当たりばったりで店舗に入って菓子を買うだけだが、その経験から言うと、あまり美味しいものはない。まさか北京にはいい茶菓子がないのか？　それとも私が知らないだけなのか？　これは食欲の話にとどまらない。伝統豊かな北京に住みながら歴史に磨かれた菓子が食べられないというのは、大きな欠陥だ。北京の友人たちよ、いい菓子を作っている店を二、三軒私に教えてくれないか。

二十世紀の中国の商品を、私はあまり好かない。「国貨」という美しい名前がついており、舶来品より高い値段で売っているが、粗悪な模倣品だ。新しく建造された店舗で売っているものを、私はあまり信用しない。年寄りくさい言い方かもしれないが、風流の享受という点については私は伝統を固く信じている。西四の牌楼以南を歩いたことがある。義和団以前の馥斎の三メートくらいの木製看板を眺めると、あこがれを禁じえなかった。異伝統ある店であることがわかっただけではなく、そのぼんやりとした暗い筆跡を見て、香を焚き静かに座る安らかで豊かな生活を幻想したからだ。私は香を焚いたことはないが、香興味は持っている。が、香の販売店にはあえて入らなかった。香を入れた箱の上にかゆみ止めの化粧水やせっけんが置いてあるのではないかと思ったからだ。日用の必需品のほかに、役には立たない遊びと享楽があってこそ、生活は面白くなる。夕日や秋の川、花を見たり、雨の音を聞いたり、香りを楽しんだり、渇きをいやすのが目的ではない酒を飲んだり、食欲を満たすのが目的ではない菓子を食べたりすることも、みな生活に必要だ。無用な飾りであり、簡潔さが好ましいのではあるが。が、現在の中国の生活は、極度に単調で卑俗だ。他のことはともかく、十年間北京をさまよっても、美味しい菓子に巡り合えないのだから。

〈一九二四年二月〉

塩　茶——〈周　作人〉

中国では茶を飲む習慣は漢時代にすでにあったようだ。漢時代の文学者王子淵の「僮約」に五都で茶を買う話が出てくるが、今とは飲み方が異なっていたことがわかる。唐時代の人は茶を淹れるときにショウガと塩を使っていた。薛能の詩に「塩よりショウガを入れるほうがいい」と記され、蘇東坡は「茶にはショウガを入れるのがいい。塩はだめだ」と言っている。似たような意味だが、宋の時代も同じであったようだ。茶葉をかたまりにするのをやめ、茶葉全体に湯を注ぐようになったのは、明時代だろう。塩やショウガだけでなく、花も徐々に使われなくなった。明時代の文学者田芸衡は「煮泉小品」の中で、梅や菊、ジャスミンの花を茶に使うのはみやびやかだが茶の風味を損なう、いい茶にはそういうことはしない方がいいと述べている。古い時代の粉末茶はすでになく、かたまりの茶もプーアル茶だけで、それ以外は紅茶も緑茶も葉全体に湯を注ぎ、いい茶には花も使わなくなった。が、「礼失われてこれを野に求む」というが、古代の風俗が民間に残っていることがよくある。「広東海豊にて新年を過ごす」という文章によれば、その土地で新年の客をもてなすときは塩茶を使うそうだ。海豊では、とくに女性が塩茶を好んで飲むそうで、毎日朝食をとって二時間後に塩茶を飲み、時によっては午後三時ごろにもう一度飲むという。作り方は、茶葉を乳鉢に入れてひき潰し、塩をいくらか加えて、湯を注ぐだけだ。塩茶に炒りごまを混ぜたものを油麻茶と呼ぶ。ふだん客に塩茶を出すときごまを少し加えるのだが、大切な客だとその量が多くなる。それゆえ「海豊竹枝詞」には「人情の厚い薄いはごまの量をみればわかる」という言葉がある。このことは私たちにかなりの知識を与えてくれる。古代の人が塩茶を飲んでいたありさまが想像できるのだ。いったいどんな味なのか試してみたい。

〈一九五〇年三月〉

煎　茶――〈周　作人〉

「亦報」を郵便で送ってもらっているがたまに来ないことがある。そういう時は請求するが七日か八日遅れてくる。勤孟さんの「中国茶道」もそういうわけで今見たばかりだ。私は震鈞（一八五七―一九二〇）の「煎茶説」を思い浮かべた。「天咫偶聞」の巻八に収録されており、震鈞によると陸羽の「茶経」にヒントを得たという。書いてあることは理にかなっていると思ったが、実際に試したことはない。準備が面倒だからだ。震鈞は茶葉にはこだわらない。碧螺春が一番よく、次が天池竜井だが、他のものでもいいとしている。重要なのは湯を沸かす素焼きの壺だ。皮の部分を取り除いた杉の木炭も要るが、簡単に手に入らない。泉の水がいいのだが、雨水でもいい。物がそろえば、煎じ始めるのだが、火具合が実に難しい。蘇東坡の「カニの目のような泡が過ぎ、魚の目が出始め、やがて松林を吹く風の音が聞こえる」という詩句に秘訣があるという。震鈞は「徐々に出てくる細かな泡が『カニの目』で、少したってから出てくる泡が『魚の目』だ。そしてかすかな響きが聞こえ始めるが、それが『松林を吹く風の音』だ」と書いている。

西洋人が茶にミルクと砂糖を入れるのを私たちはおかしく思うが、茶を点てるときに花や果物を使うのと五十歩百歩だ。最近の人が熱湯で苦くて渋い茶を淹れるのを、震鈞は笑っている。これは道理にそぐわないことではない。私は素焼きの急須と石炭コンロを試してみたい。もしうまくいけば、茶をよりおいしく飲めるだろう。そうなれば茶という「中国の名産」に背くこともない。いいことだ。

〈一九五一年二月〉

茶を断つ――〈老　舎〉

もうすでにタバコと酒を断っており、半分死んでいるのと同じだ。これ以上何かを断つのなら、いっそのことさっぱり死んだほうがすっきりする。

何を断つのか？

肉を断つのか？　断つ必要などない。魚はもう二年も食べていないし、ブタや羊の肉とも最近はご無沙汰している。「断つ」などと言う必要もない。安物の米でも、たまに肉や油で味をつける。肉を食べることがいやしいなどとは私は絶対に思わない。もし肉を断ってしまえば、おなかの中は安物の米だけになり、人間も安物になってしまう。それこそいやしいことだ！　肉を断つことはできない。

やむをえない。茶を断つしかない。

私は正真正銘の中国人なので、コーヒーやココア、サイダーやビールは好まない。好きなのは茶だけだ。いい茶が一杯あれば、心が静まり、ゆったりする。酒とタバコもよき友ではあるが、「男性」だ。粗野で熱烈、思想があるが怒りもある。茶のやさしさとみやび、軽やかな刺激と淡い依存、これらの「女性」なるものとは異なる。

茶を断ってしまえば、どうやって生きていけばいいのかわからない。しかし、私の願いにもかかわらず、最近茶の値段が上がっており、鳥肌の立つ思いだ。

茶は本来香り豊かなものであるはずだが、現在の百グラム三十元のジャスミン茶は香りがないばかりか、塩辛い。塩漬け卵のスープのような茶など、買いたくない。百グラム六十元の茶なら塩辛くはないが、香りもない。百グラム六十元が、明日は倍の値段になっているかもしれない！

たぶん、茶も断たねばならないのだろう！　茶を断ってしまったら、私は極楽浄土への切符を手にすることになる。さんざん苦しんでから行くより早めに行ったほうがいい！

どうも茶も断つ必要があるようだ。

戯曲「茶館」冒頭部分——〈老　舎〉

こういう大きな茶館は今はもう見られないが、数十年前は各都市に最低一つはあった。そこでは茶と菓子、軽食を出している。鳥を飼っている人たちが、毎朝ガビチョウやコウライウグイスを連れて散歩した後、そこで足を休め、茶を飲んだり、鳥にさえずらせたりしている。相談事や結婚の仲介をする人もやってくる。当時、殴り合いはしょっちゅうだったが、いつも誰かが出てきて仲裁していた。仲裁人が懇々と諭し、ともに茶を飲み、爛肉麺（大きな茶館特有の食べ物。安くて速く作れる）を食べて、仲直りをした。とにかく、当時は非常に重要な場所で、何かあってもなくてもみんなやってきて、ずっと座っていた。そこでは荒唐無稽なニュースを聞くことができた。どこかの大きなクモが雷に打たれ、妖怪に変化した、などだ。奇怪な意見も聞くことができた。海辺に大きな塀を作れば、外国兵の上陸を防げる、などだ。どこかの京劇俳優が最近新しいメロディーを創造したとか、アヘンをやめる最良の方法なども聞くことができた。誰かの風変わりな持ち物を見ることもできた。出土したばかりの玉の扇子のふさ飾りとか、三彩のかぎ煙草入れなどだ。本当に重要な場所で、まさに文化交流の場だった。

今、私たちはそういう茶館の前にいる。

ドアを入るとカウンターとかまどだ。舞台の上ではかまどはなくてもいい。後ろから鍋やしゃもじの響きが聞こえてくればいい。建物はとても大きくて天井は高く、長いテーブルと正方形のテーブル、長椅子と小さな椅子が並んでいるが、みんな茶を飲む人たちの席だ。窓から裏庭が見えるが、日よけがしつらえられ、その下にも茶を飲む人たちの席がある。屋内と日よけの下には鳥かごをぶら下げておく場所がある。そこにはすべて「国事を語るなかれ」という張り紙がある。

名のわからぬ客が二人、目を細め、頭を振りながら、拍子木を打ち鳴らし低い声で歌っている。名のわからぬ客が二人か三人、壺の中のコオロギの鳴き声に聞き入っている。灰色の長い服を着た二人（宋恩子と呉祥子）がひそひそ話をしている。役所の仕事で、悪者を捕まえに来たのだろうか。

今日も殴り合いが起きそうだ。ハト一羽のために、殴り合いのけんかになりそうだ。

……

上海の茶楼――〈郁　達夫〉

茶は、当然中国の産品だ。「爾雅」では「檟」を「苦茶」とし、早く摘むものを「茶」、晩く摘むものを「茗」としている。「茶経」の分類では、一に茶、二に檟、三に蔎、四に茗、五に荈とされている。「神農食経」には茶を久しく服用すると、力が出て楽しい気分になると記されており、華佗の「食論」にも「苦茶を久しく食すと、益するところがある」との記載がある。それゆえ中国人はほとんどすべての人が茶を愛飲し、毎日茶を飲んでいる。たきぎ、米、油、塩、みそ、酢、茶という言い方があるが、茶を生活必需品のリストに入れており、茶は各人の日々の生活に欠かせないものになっている。

外国人の飲む茶も、最初は中国から輸入されるぜいたく品だった。Tea や The という発音も、福建や広東一帯の「茶」の呼び方だったのだろう。

日記の大家ピープスは茶を飲んだ時、その滋味について自身の貴重な日記に延々と記している。外国人でさえこれほど崇めているのだから、産地である中国に盧仝（茶詩の作者）や陸羽（茶経の作者）の信徒が遍在していても不思議はない。

茶の店を始めたのが誰かはわからない。だが、古代の集会では茶を供することが不可欠だったと思われる。その風習が晋の時代にまで伝わって、茶をたしなむ人がますます増え、茶楼や酒館が極めて盛んとなった。それ以後ずっと、世の中が乱れ、国民経済に余裕がなくなってくればくるほど、茶館や茶の店の商売は盛んになっていった。なぜか？　茶は安くて素晴らしいからだ。わずかな金を払っただけで、茶楼に半日いて、多くの友人に会って騒いだり、おしゃべりをしたりできるのである。

上述したのは、茶及び茶楼に関する一般的な話だ。上海の茶楼の状況は異なるところがある。人口が過密でごみごみした大都会ではよくある現象ではあるが、上海における奇形的ともいえる類の発達には一層の不思議さを感じる。

上海のような水陸の交通の要所で、人口が密集している場所の茶楼は、顧客の大部分が何かのグループの人だ。茶楼に行って解決しようと思うことは、第一に是非の判断をしてもらうこと、つまりいわゆる「仲裁の茶」だ。第二に駆け落ちの相談だ。女性が誰かと逃走するときは、茶楼を出発地に選ぶことが多い。第三におせっかいな人たちの時間つぶしだ。こういう人たちのサポートがなければ、営業が維持できない。上海のすべての茶楼の五分の四がこういう営業をしている。城隍廟内の数軒と、市場の近くのいくらかの店だけが、名前の通り客に飲み物を供する店舗となっている。

たとえばある人物の徒弟たちがある場所で商売をし、後になってその人物の同輩の人物の徒弟たちが干渉したり、分け前を欲しがったりしたとする。損をした方が誰かに調停を頼んだが収まらず、衝突が発生すると、時間とパートナーを決めて、一緒に茶館に行くわけだ。集まってくる人は多ければ多いほどいいのだが、それで解決できなかったら、最後に世代が上の人物が登場する。これらの中には私服の警察や探偵もいるだろう。これが「仲裁の茶」の一般的な形だ。結局たいていは負けた方が茶の料金を払うのだが、その後食堂で一緒に食事をすることもある。人質や駆け落ち、誘拐などの談判は、表面的には当事者の数は少ない。が、周囲の人々が、関係のないふりをしながら、目を炯々と光らせ、聞き耳を立てている。立ったり座ったりして四方に埋伏している人の数は、決して少なくない。緊急事態が発生しなければ、彼らが出てくる必要はないのである。以前の日昇楼、現在の一楽天、全羽居、四海昇平楼などの大茶館では、「仲裁の茶を禁ずる」という札をぶら下げていた。が、客が「仲裁の茶」を始めると、だれも止められなかったのである。

これらの「正当な」任務を遂行している客のほかに、毎日一定の時間に来て一定の席に座り込む客もいるが、彼らこそ真の盧仝であり、陸羽だ。ひまも金もある上海の中産階級の人たちである。昼食をとってから、あるいは早朝、彼らの足は行き慣れた場所に向かう。新聞を読んでいる人もいれば、軽食をとっている人もいる。毎日顔を合わせる数人で「推背図」という予言の本が当たるかどうか議論したり、日本人との戦争について話したり、右隣の家の雄鶏が卵を産んだなどという話もしている。

類は友を呼び、人によって土地の様子は変わるというが、競馬場の近くの茶楼は、顧客の性質が異なるのは自然だろう。上海の茶楼や茶店がこれだけ栄えれば、それに伴う副業も、必然的に発生する。第一に、軽食やおやつを売る露天商だ。当然、城隍廟の境内の多くの茶店には、骨董品を愛好したり、鳥を飼ったりしている人がよく行く。もっぱら講談を聞きに来る客の集会所のようになっているところもある。湖心亭や春風得意楼などでは、そういうことはないが、様々な趣味を持つ茶の客で、いっぱいになっていることもある。

女給がいる茶店や娯楽センターの露店の茶店の入り口には、似たような店が並んでいる。第二に、骨董品の偽物を売る商人だ。にぎやかな市場の中の茶楼に一時間か二時間いれば、最低でも十人以上のこういう商人に出くわすだろう。第三に、占い師。第四に、最新かつ最多だが、「航空宝くじ」のセールスだ。新聞を売ったり、吸い殻を拾ったり、キャンデーやタバコを売ったりしている人たちは、娯楽センターの共有する付属物であり、上海の茶楼の特色というほどのものではない。

茶楼の夜の市も、上海の最も著名な色彩だ。子供のころ田舎にいたが、上海に行ってきた人が四馬路の青蓮閣や四海昇平楼の人肉市場の話をするのを聞くと、「アラビアンナイト」を聞いているようで、信じられなかった。現在国民経済が破産し、人口が都市に集中した結果、様々な悲喜劇が起こっているが、それは茶楼に限ったことではないし、四馬路の一角でのみ見られるというわけではない。それゆえここで話をやめる。

〈一九三五年五月「良友画報　第一一二期」〉

茶　館――〈張　恨水〉

北平ではどの十字路にも、必ず油や塩を売る店と主食類を売る店、石炭を売る店があるが、成都では異なり、これらの店の代わりに、大きな茶館がある。成都の人にとっては油や塩、米や石炭より、茶館のほうが重要なようだ。

茶館といってもまるで骨董品のような店舗で、軒も高くないし、壁も白くないし、柱も太くない。晩になっても灯火（電灯であれランプであれ）は明るくはなく、低くて黒い木のテーブル（ペンキ塗りではない）に、大きくて黄ばんだ古い竹の椅子がしつらえられており、すべてが古色蒼然としている。モダンなコーヒー館に慣れた人が行けば、興がさめてしまうだろう。しかし、早朝から晩までそこの椅子には人が座っている。その前には蓋つき茶碗に入った茶が置かれ、陶然とした様子で、倦怠感など全くない。茶館の中が満席のこともある。何か大きな会でも開いているように見えるが、実際は各人が蓋つき茶碗に相対しているだけだ。

茶館の中で、講談や弾き語りをやっていることもある。が、茶館があってのもので、講談や弾き語りのために茶館があるのではない。そういうことをやっていなくても、茶飲み客がひしめいているのがその証明だ。成都市の時間の余裕というものに、極度の敬服と羨慕を表する。蘇州にも茶館は多いが、大きな差があるようだ。それに蘇州の人は茶のほかに豆やキャンディーなどのおやつも注文するので、状況が異なる。「時は金なり」というが、例外もあるのだろう。

〈一九四三年四月二十三日　重慶「新民報・上下古今談」〉

茶碗に転変あり――〈張　恨水〉

「夫子廟に行って茶を飲む」、これは南京人の楽しみの一つだ。茶を飲むことの本当の楽しみについて語ろうとするなら、早朝、夫子廟のそばの奇芳閣や六朝居といった茶楼に行かねばならない。早起きして友人に引っ張って行かれると、失望する人もいるかもしれない。が、行くのが習慣になっており、毎朝二十分か三十分は茶を飲まないと、その日一日気分が悪いという人もいる。

ここでは奇芳閣の話をしよう。私がよく行く所で、よく知っている所でもある。奇芳閣は秦淮河（水が濁っていようがいまいが、名前は美しい）に面しており、となりに夫子廟前広場があって、繁華街の中心だ。どんなに早い時間に行っても、全体からがやがや話し声が聞こえ、座席は人でいっぱいだ。八時前か七時過ぎに私はよく行くが、何人かの人がすでに楽しみ、去った後だ。公務員や商人も来るが、茶を飲むからといって遅刻するわけではない。これは南京人の誇るべきことだ。私が行くときも当然一人ではない。泥でいっぱいの板の階段を上がり、上の階に行き、テーブルの隙間を縫って、西の角の突き出たところへ急ぎ、下に夫子廟が見える席に座る。最初は友人に連れられてたまたまそこに座ったのだが、三回行くと、そこが指定席になった。四角いテーブルだが、ペンキは剥げ落ち、割れ目まである。テーブルの上に皿やスイカの種の殻、ピーナッツの皮やタバコの吸い殻、茶葉のかすが残っていても、気にしない。店員がやってきて、あっという間に片づけ、すぐにテーブルをぞうきんで拭く。左手に茶碗と茶托、右手に大きな錫の急須だ。茶碗を客の前に置き、湯を注ぐと、湯気が立ち、茶の香りがたなびく。茶碗にすぐに蓋をかぶせ、そして楽しみが始まる。テーブルの周囲に長椅子や腰掛があり、みんな適当に引っ張ってきて座っているが、背もたれ付きの椅子は少なく、寝椅子は絶対にない。経営者がそうした。気持ち良すぎて長く居座られると困るからだ。なじみ客だったら、店員がいつもの急須と湯呑みをもってくる。所有物と同じだ。飾りがあってもなくても、どんな形でも、角が欠け銅で覆いをしていても、絶対に他人には使わない。そしてスイカの種や塩ピーナッツ、キャンディーやタバコ、果物などを次々と売りに来る。煮込み肉を売る人は、ガラスの入れ物を背負い、精緻な包丁とまな板をもってくる。「コイン六つ」が来た、とある客は言う。彼はまな板をテーブルに置いて包丁で肉を数枚切り、塩とサンショウを振りかける。ほかに、誰もかまわぬ新聞売りがやってくる。誰もかまわぬ眼鏡売りやベルト売り、ペン売りもやってきて、過ぎ去っていく。テーブルの上はピーナッツやスイカの種、タバコなどでいっぱいだ。楽しみは続く。この茶館には肉ギョーザと野菜入りマントウ、各種のタンメンがあり、店員が次々に持ってくる。信じられないことだが、タンメン一碗が七分だ。そして干絲の小皿が、たったの五分だ。なじみの給仕がいたら、二角の金で焼いたアヒルの肉をわざわざ外の店から買ってきてくれる。それを小さな鍋で煮るのである。なんという天国だろう！

もう書けない。辛くなってしまう。奇芳閣に来れば友人に会え、いろいろな問題について相談できたが、所要時間は三十分、出費は一元前後だった。一万元払って人をもてなすのと、なんという違いだろう！　戦線の後方で南京の友人に出くわすと、小さな茶館に連れていき、何もつかない沱茶を飲むことがある。が、夫子廟の話をすると、みんな茶碗を眺めながら暗い顔をする。

奇芳閣は焼けた後、再建されたそうだ。「南京に帰った次の日の朝、奇芳閣で会おう！」と旧友が言った。「よし！」と私は答えた。が、ばらばらになってから長い時間がたっている。永遠に再会できぬ旧友もいる。

〈一九四五年十一月十四日　重慶「新民報」〉

茶楼の前の水は冷たく――〈張　恨水〉

南京に住んでいる人が、遠出をしないというのであれば、下関には一年に一度も行かぬだろう。公共バスで市街地を抜けて三十分だが、南京人は下関に興味を感じないようだ。実際は下関の川べりの風景は、高いところから眺めると、四季折々に美しい。「古文観止」の「閲江楼記」を読んだことのある人なら、一つか二つは頭に浮かぶだろう。惜しいことに当時南京市街を建築した人たちは、コンクリートの路面と鉄筋のビルにのみ着眼し、わずかな金を使って閲江楼を再建することはしなかった。私はよく気持ちを奮い立たせ、一人でバスに乗って市街地を抜け、川べりを散歩する。今時分は、私だって寒い。川べりにずっと立って西北の風に吹きさらされているわけにはいかない。下関には何人かの安徽商人がいるので、一人か二人を誘って川べりの茶楼に行き、茶を飲む。二、三軒の茶楼があるが、かなりきれいだ。冬は、川に面する側はガラス窓を全て閉めている。窓辺の席に座り、毛尖茶を淹れてもらい、干絲を一皿注文する。小皿二皿のピーナッツもある。窓越しに眺めると、東から西まで川の水と空が一つに溶け合っている。北風が吹くと、先の白い波しぶきが立つが、実に広々とした景色だ。正面にある浦口の新しいビルなど眺める必要はない。上流から下流まで霞む空の下、大きな中洲がある。その後ろに青々とした林の先端が見え、江北のはるかな山々の黒い影が目に入ってくる。蘇東坡の「一江の南北、どれほどの豪傑が消えていったか」という詞や朱竹垞の「六代の豪華、春が去り、魚竿のみを残す」という詞が心をよぎる。

川といえば、私は寂しい景色が好きだ。川は湖や海のように無限に広がっているわけではない。広がりの中に両岸があるところがいい。冬なので水は浅く、赤褐色の中洲がところどころ露出している。幾百幾千の柳の枯れ枝の下、岸辺の漁村のうらぶれた小屋がぽつぽつ見える。岸に三隻か四隻の小さな舟が繋がれ、風と波に揺れている。漁網を空高く干しているが、ものさびしくて画趣を感じさせる。当然、この漁村の生活は、半日だって私には耐えられない。漁村の人は、画趣など、知ったことではないだろう。別に漁村の人民の生活を改善せよと言っているわけではない。触れないではおられないのだ。南京で、挹江門を出て、川に沿っていき、怡和洋行の旧跡からそんなに遠くないところに、こういう寂しい川の風景がある。天気が良くて風も穏やかだったら、堤防沿いに枯れた柳の樹林の下を三十分も歩けば、にぎやかな都市の近くだということを忘れてしまうだろう。

下関の川べりの茶楼の中には、こういう寂しくて寒々とした景象はない。だが、西から東へとうとうと流れる川の水を眺めていると、思いが湧いてくる。もし川を行く船が十分間停止すれば、雪のように白い川カモメが数羽まとまって水上を旋回する姿が見られるだろう。心を少し落ち着けると、波が川岸の石を打つぱたぱたという音も耳に入るだろう。

私は酒が飲めない。もし飲めたら、夫子廟で見る「濁った秦淮河」と比べ、うれしくなって酒をいっぱい飲むだろう。

〈一九四四年十二月十九日　重慶「新民報」〉

茶店でのんびり――〈張　恨水〉

古人は茶は今の四川地方に始まったと伝えている。が、私は重慶に行ったのに、いい茶に巡り合えていない。普通の飲料として、雲南から伝わった沱茶があり、ほかにジャスミン茶もある。このジャスミン茶は北平で飲むものとは異なり、葉が粗く、かれた花が一つか二つ入っているだけで、沱茶の苦みのほうがいい。重慶の人は茶館に行くことを特に好む。朝と晩、大小の茶館は客でいっぱいだ。粗末なテーブルの周りに板製の腰かけが四つ、客が囲むように座る。客の前には蓋つき茶碗に入った沱茶が置いてある。客はいろいろなことを議論し、外にまで喧噪が伝わる。その間をスイカの種やピーナッツ、タバコの売り子がうろつくのである。

が、小さな茶店には、ゆったりとした趣がある。建物の周囲に寝椅子が並んでいる。木の棒で支えられている寝椅子もあれば、布で覆った寝椅子もあり、竹でできたものもある。客一人に寝椅子が一つだ。寝そべって茶を飲むのだが、寝椅子の横に小さな茶卓が置いてある。世の中はあわただしく、公定価格の米にさえ毎日苦労する。娯楽どころではない。仕事が終わると、二、三の友人を誘い、静かなところにある小さな茶店に行き、安物のタバコを買って、茶を数杯飲む。寝椅子に寝そべって、色々なおしゃべりをするのだが、安い値段で二時間か三時間過ごせる。こういうときに何口かすする茶は、本物の竜井茶よりずっと味わい深い。ことに郊外の小さな茶店は、テーブルと椅子が四つか五つ、軒下に寝椅子が二つ並んでいるだけだ。北平の雨来散という茶店に似ており、霧の出た空が目に入り、そよ風が顔をなでる。林や谷に周囲を囲まれ、実にいい趣きだ。八年間の抗日戦争の生活の中で、特筆に値することだ。

〈一九四七年五月十日　北平「新民報」〉

洞庭の碧羅春――〈周　瘦鵑〉

洞庭湖の東西にそれぞれ山があり、水は清く、甘美でおいしいビワやヤマモモを産し、天下に名が聞こえている。特産である緑茶の碧羅春はことに有名だ。西湖の竜井を上回るもので、その名を見ただけで、素晴らしさを感じるだろう。

碧羅春はもともと野生の茶で、東側の山の碧羅峰の岩壁に生えていた。伝えられるところによると山の鳥がその種をくわえ、そこに落としたという。毎年穀雨節の前に、山に住む人が茶葉を摘みにいく。竹かごに入れて持ち帰り、日々の飲料にしていた。清の康熙帝のある年、産量が特に多く、竹かごに入り切らなかったので、みんな懐に入れて持ち帰った。思わぬことに茶葉が熱を受け、特殊な香りを放った。茶摘みの男女はこの香りを「嚇殺人香」と呼んだ。「嚇殺人」というのは元は蘇州の俗語で、馥郁たる香気を誇張するために使ったものだが、人々に伝わる間に、いつの間にか茶の名前になった。それ以降毎年穀雨節になると、男も女も沐浴して服を着替えてから、茶を摘みにいく。竹かごは使わず、みんな茶葉を懐に収めるようになったのである。康熙帝が南巡して太湖に来た時、知事の宋犖がこの茶葉を買って献上した。康熙帝は「嚇殺人香」という名は俗っぽすぎると考え、「碧羅春」に変えさせた。それ以後、「茶貢」として毎年献上されるようになったのである。当時は産量が多くなかったので、一部の人しか味わえず、一般の人が手に入れるのは難しかった。

私はこの茶がとても好きだ。毎年夏に入ると、新茶を味わう。湯を注ぐと、白いにこげが浮き上がり、葉は丸まって、柔らかな緑を見せる。口に入れると清らかな香りが鼻に届き、後味もずっと残る。まるでオリーブを噛んでいるようだ。清の文人李蒓客は碧羅春の色と香りをたたえ、献上されたことも書いている。が、摘んだ後の茶葉がかつて懐の中で熱を受けたことは書いていない。

一九五五年七月七日、七夕の朝七時、蘇州市文物保管会と園林管理処の同人たちが、拙政園の見山楼で、茶話会を開くことになった。茶評定の専門家である汪星伯さんがみやびなことを思いついた。紙で包んだ碧羅春を十幾つ、ハス池で咲いているハスの花の中に前の晩置いておいたのだ。朝起きて取り出し、湯を注いで飲んでみた。最初はどうということはなかったが、二度三度淹れると、ハスの香りが心にしみてきた。露の降りた赤いハスの花をめでながら、ハスの香りをたたえた碧羅春をすすっていたのだが、まさに「陶陶たる楽しみ」だった！　下手な詩を三首作り、少し大げさに表現してみた。

　玉井は梅雨の水を初めて収む
　洞庭に新たに碧羅春を摘む
　昨宵蓮房を宿とし
　花露花香一身に満つ

　時に及んで楽を行うはいまだ奢にあらず
　友人を招いて茶を共に味わう
　獅峰に行ってもこの味はない
　舌の先に妙なる蓮の花が咲いたようだ

　翠が紅の裳をおおい艶なること夕焼けのようだ

茶を飲みつつ詩を詠む果てなき楽
盧仝の七碗は尋常の事
蓮の香りと一杯の茶を味わっている私には及ばない

三首目の最後の二句は茶の大先輩盧仝の前でおごった姿を見せていることになり、無遠慮のそしりを免れない。しかし、彼はこんな茶を飲んだことはなかったと断定する。なぜなら当時碧羅春は発見されていなかったからだ。ましてやハスの花の中に置くなど、ありえなかった。私の大胆なほらを許してほしい。

茶の話――〈周　痩鵑〉

茶は我が国の特産で、茶を飲むことは我が国人民に特有の習慣となっている。都会であろうと田舎の町や村であろうと、ほとんどどこにも大小の茶館があり、毎日朝から日が暮れるまで、たいてい茶を飲む客がいる。おしゃべりをしたり、大事な相談をしたり、中国将棋やトランプをやったりで、公開の群衆のクラブを形成している。

茶には「茗」、「荈」、「檟」などいくつかの別名がある。「爾雅」によると、早く摘むものを茶といい、晩く摘むものを茗といい、荈と檟は苦い茶のことだ。茶を飲む風習は晋代に始まった。晋の人杜育は「荈賦」を書いて、茶を大いに賛美した。唐代になると、盛んに茶を飲むようになった。

茶の木の幹は瓜芦に似ており、葉はクチナシ、花はノバラに似て清らかな香りだ。高さは六十センチくらいである。江蘇、浙江、福建、安徽の各省はみな茶の産地で、碧螺春、竜井、武夷、六安、祁門などの著名な緑茶や紅茶は私たちのよく知るところだ。茶の木は山野に植えられるが、日陰と乾燥を好み、陽光と水を嫌う。下肥を施さなかったら一層かぐわしくなる。緑茶は色は淡く香りは清らかになり、紅茶は色も香りもより馥郁となって、味は渋みを帯びてくる。緑茶には明前、雨前の区別があるが、これは茶を摘む時期によって分けられる。清明節より前に摘むものを明前と呼び、穀雨以前に摘むものを雨前と呼ぶのだが、雨前は相当な貴重品だ。茶の葉は花で香りをつけることができる。たとえばジャスミン、チャラン、バラ、モクセイ、ビャクラン、ダイダイなどはみな茶に香りをつけることができるが、花の香りが濃いと茶の香りを薄めてしまうので、花で香りをつけた茶葉が必ずしもいいとは言えない。上等の茶葉は、花の香りを借りる必要がないのである。

茶を飲むことにどんないいところがあるか。渇きをいやせるというのが、まず第一だ。食欲を増進して気を潤し、消化を助けるという人もいる。とくに紅茶は効果があるとのことだ。しかし医者が賛成しているわけではない。茶には神経を刺激する作用があるので、白湯を飲んだほうが腸を潤して便通にいいというのだ。が、私たちのように茶を飲み慣れた人にとっては、白湯は味がないので、やはり茶を飲む。神経が刺激されてもかまわないのである。

唐朝の詩人盧仝と陸羽は、わが国で茶を飲むことを提唱した著名人で、昔の人は尊敬の念を込めて「茶聖」と呼んだ。盧仝はかつて「筆を走らせて孟諫議の新茶を寄するに謝す」という長い詩を書いたが、その後半部分で「柴門かえって閉して俗客なく、紗帽の籠頭自ら煮て喫す。碧雲風を引きて吹きて断たず、白花光を浮かべて碗面を凝らす。一碗喉吻潤し、両碗孤悶を破る。三碗枯腸を捜し、唯有り文字の五千巻。四碗軽汗を発し、平生の不平の事、尽く毛穴に向かって散んず。五碗肌骨清く、六碗仙霊に通ず。七碗喫するを得ざるなり、唯両腋の習習として清風の生ずるを覚ゆ」と詠んでいる。茶のいいところを誇張しているが、趣き豊かに書いている。それゆえ「盧仝の七碗」は後人の語り伝えるところとなった。陸羽は字を鴻漸といい、文学の素養があり、茶を嗜むことを習慣として、「茶経」三篇を著した。そこには最初から最後まで茶の起源や茶の飲み方、茶の道具などについて記されており、まさに茶の専門家だ。宋朝の詩人蘇東坡や黄山谷、陸放翁らも茶を愛した。彼らの詩集には茶をたたえた作品がかなりある。

茶を作る方法については、紅茶と緑茶で相違点がある。聞くところによると、紅茶を作るときは、摘んだ若葉を竹で編んだござに並べ、陽光にさらす。しばらくさらしてから、少しかき混ぜ、葉が徐々にしぼむまで再びさらし、布袋に入れて揉む。その後葉を取り出して又さらし、水分が蒸発してから木箱に入れる。圧力がかかるように一層ずつ積み重ね、布で上面を覆う。赤褐色に色が変わり香りを放つようになると、箱から取り出して太陽に当てて乾かし、その後炉の火であぶるのである。こういう手順を経て葉が完全に乾燥すると、紅茶のできあがりだ。緑茶を作るときは、摘んだ若葉をまずせいろうの中で蒸すか鉄鍋で炒るかして、粘り気と香りが出てきたら、取り出して、竹で編んだござに並べ、力を入れて扇であおぐ。冷えてくるとすぐに炉であぶるのだが、あぶりながら揉み、葉は徐々に乾燥していく。最後に火力のかなり弱い蒸し焼き窯に移し、完全に乾燥するまで、あぶりながら揉み続ける。そうして緑茶ができあがる。

以前はずっと緑茶を愛飲していたが、ここ一年は紅茶をよく飲んでいる。濃い味に惹かれ、緑茶より上だと思うようになった。紅茶が品切れの時は、洞庭山の名産である碧螺春という緑茶も悪くない。明代に、蘇州の虎丘一帯でも茶を産し、すこぶる有名で、王世貞や徐謂らの詩人が称賛する詩を書いた。彼らの虎丘茶に対する評価はとても高かったが、清代から今に至るまで、虎丘茶のことは耳にしない。幸い洞庭山で碧螺春を産するようになり、とにかく蘇州は面目を保った。碧螺春は元は野生の茶の一種で、碧螺峰の岩壁に生えていた。清代の康熙年間に発見されたのだが、摘む人の竹かごに入り切らなかったのでたまたま懐に入れると、茶葉が熱を受けて香りを放ち、その香りを「嚇殺人香」と人は呼んだ。もともと「嚇殺人」は蘇州の俗語で、人が驚いて死んでしまうほどの馥郁たる香気のことを指している。それが口づてで伝わり、この茶を「嚇殺人香」と呼ぶようになった。康熙帝が南巡したとき、知事の宋犖がこの茶を献上したが、康熙帝がその名がみやびやかではないとして、「碧螺春」に変えさせた。この茶の特徴は葉がすべて丸まっていることで、湯で淹れると、白いにこげが浮かんでくる。一度目は味が出ないが、二度目のものをすすって口に入れると、「清風が舌端に向かって生ずる」気分になる。

かつて風雅を愛する人たちは、茶を飲むことを「味わう」と称していた。淹れた茶を一口ずつすするのではなく、貴州のマオタイ酒や山西の汾酒を飲むときのように、一滴ずつ唇に垂らして「味わって」いたのである。抗日戦争の前、上海で茶を味わう会に招待されたことがある。ホストは茶の品評の専門家で、「水仙」や「野薔薇」、黄山の雲霧茶など特別な茶を用意し、はるか無錫の恵泉の水を素焼きの容器に入れて持ってこさせたという。松の葉と松かさで火を起こし、ゆっくりと熱していった。その日は五名の客を招待していたので、ホストを含めると全部で六人だ。小さな円卓の上にさかずきぐらいの大きさの湯呑みを六個、白地に青い花を描いた小さな急須を一個置いた。まず沸かした湯で湯呑みと急須を洗ってから、急須に茶葉を満々と入れた。「水仙」ということだった。素焼きの容器の湯が沸くと急須に入れ、その後六個の湯呑みに少しずつ入れていった。何度か繰り返すと湯呑みはいっぱいになり、みんな茶を味わい始めた。私はホストの方式に倣い、少しすすって唇で味わった。客たちが「いい香りだ！　いい香りだ！」と繰り返し称賛するので、私もそれに合わせて称賛した。が、実際はふだん飲む竜井や雨前とあまり変わらなかった。日本人は茶を飲むことをとても重んじ、「茶道」という言葉まであるそうだ。茶を飲むのに「道」があるとは、その重視のほどがうかがえる。そういう飲み方は一般の労働人民の現実生活から離脱したもので、範とするに足りないものだと思う。

茶を飲む──〈金　受申〉

茶道は中国で千年以上の歴史があり、「茶を味わうこと」と「茶を飲むこと」は異なった道に属する。陸羽の「茶経」は、茶を味わうことについて述べている。言葉を換えれば、茶の味や水の優劣、茶具の良し悪し（日本人はこの点に最も重きを置く）を楽しみながら時間をすごす風雅な振る舞いだ。茶をよく味わおうと思えば、五つの面を大切にしなければならない。第一に、多くの急須と湯呑みを備えておかなければならない。酒を飲むときと同じで、茶の味を楽しみ、それをもって周りの風景を観賞するのである。たとえば清風、明月、松風、竹のしらべ、梅の花、雪などだ。渇きを癒すことを求めているわけではないので、茶具は小さいのがよい。第二に、水について勉強しておかなければならない。恵山の泉水とか、揚子江心の水とか、初雪を溶かした水とか、梅の花に積もった雪を溶かした水とか、三伏の水とか、その場で汲んだ水を使えとか、何年か寝かしておいたものを使えとか、地下に蓄えておけとか、揺らせとか、揺らすなとか、すべてそれなりの道理がある。第三に、茶葉の研究が必要だ。「旗」とか、「槍」とか、「明前」とか、「雨前」とか、どこで名茶を産するとか、すべて心に留めておかねばならない。貯蔵方法とか、どういう環境でどういう水でどういう茶を淹れるのがよいか、わずかな間違いも許されない。いわゆる「紅緑花茶」、「西湖竜井」の類は、平凡な俗品に過ぎず、「二度香りをつけたジャスミン茶」に至っては、茶を味わう人たちの物笑いの種になっている。第四に、湯を沸かして茶を淹れるときのコツも大切だ。火具合にも間違いは許されない。だいたい「一にカニの目のごとく」というのは湯にできる泡を指しており、「二に松風のごとく」というのは沸騰するときの音を指している。湯は沸かさねばならないが、沸かしすぎても味が失われ、茶の香りを殺してしまって、飲めなくなる。どういう水をどういう薪で沸かすかについても、相当な研究が必要だ。第五に、茶を味わうときにもコツがいる。茶を口に入れるとすぐに茶葉の種類がわかり、目を閉じてゆっくり味わっていると水質までわかる。そうして名茶をもって美しい景色を楽しむのである。

茶を飲むとは、私のような忙しい人間が渇きを癒すことだ。とくに北方の君子は、茶具が大きくてもいとわない。湯の沸かし方も派手だ。茶葉も色と苦味があればよく、ジャスミン茶の香りしか求めない。夏に竜井茶を飲むことを「ほてりの解消」と言って、よしとする。さらに竜井茶にジャスミンの花を加え、「竜睛魚」と名づけ、「花紅竜井」などと言っているのは実にこっけいだ。沸騰した湯で茶を淹れるだけでは物足りないと思い、高く挙げたところから湯を注いだりする。茶葉が買えないので、茶葉を砕いた「粉末茶」をもっぱら飲む人もいる。口に合わなくてもいい、飢えを癒すことが必要だと言う人もいる。そういう人が茶を飲むときは、「粉末」を急須に入れ、砂糖を茶碗に入れ、順序に従って飲む。「食べ物の代わり」ということだ。「茶を味わう」と言っても、高雅な思想もなく、情緒を楽しむこともない。「茶を飲む」と言っても、必ずしも渇きを癒すことが前提ではないが、茶葉の優劣については実にはっきりと見分ける。ことに価格についてはよく把握しており、まるで茶葉店の番頭だ。

新しい茶のサンプルが入ると、茶葉店はカウンターの上に多くの茶碗を並べ、そこに少しずつ入れ、茶碗のそばに置いた紙にも同じものを置く。比較の便のためだ。その後茶碗に湯を注いで茶を淹れ、味の優劣のよくわかる店員が出てきて細かく味見をする。味見をした後地上にはき捨てる店員もいる。これを「サンプルを味わう」と言うが、たいていの茶葉店では多くはカウンターの後ろで行い、小さな茶葉店では多くは前で行う。店の主人の前で店員が輝く時だ。

◇茶葉店

北京で茶に関する商売をしている人の九十パーセントが安徽の人だ。いわゆる「茶葉の家族」がそうで、呉家、汪家、方家、羅家、胡家、程家が有名だ。安徽の人は県を単位にまとまっているので、北京にある安徽歙県の共同墓地は茶葉の呉家が責任を持って管理している。よそ者が茶に関する商売をするのは困難で、茶の店を開いても、安徽の人に助けてもらわなければならない。たとえば慶隆茶庄は安徽の人の援助の下で河北安次県の人が開いたものだ。近年さらに山西の人が北京で茶の店を経営するようになった。以前はシーフード店が茶の店を運営していたのが、茶の店がシーフード店を運営するようになった。これはすべて山西の人が仕切っている。安徽は茶の名産地なので、茶に関する仕事をする人が多い。北京の大きな茶の店は茶を産する山の付近に「出張所」を設け新茶を仕入れている。茶畑のある山の一角を借り受けているところもある。小さな茶の店は天津に出張所を設け、もっと小さな店は天津の店から仕入れている。天津は北方数省で最大の茶葉の集散地だ。茶を産する山の付近の「出張所」に赴く人は茶葉の良し悪しや価格の上がり下がり、北京での売り上げ状況などを勘案して、どの品種をどれだけ仕入れるか決めなければならない。それゆえ茶畑の状況を熟知し、タイムリーな資金繰りを行う必要がある。毎年北京と安徽、あるいは北京と天津の間を往復しなければならないので、安徽の人が最も有利だ。

◇茶葉の種類

北京の人がいつも飲む茶葉は六つに分けられる。

(1)　ジャスミン茶

ジャスミンの花で香りをつけた茶をすべて含む。細かく分ければ二、三十種類くらいだ。「蒙山雲霧」と「蒙山仙品」が最もよく、「黄山仙霧」、「双窨梅蕊」、「双窨茗芽」、「老竹大方」、「鉄葉大方」などがそれに次ぐ。この類のジャスミン茶は献上品となったものもあり、両淮塩運使という職の役人が進呈し、黄山で産する物を主としていた。こういう四文字の優雅な名前は茶の店が客に紹介するときに使用するもので、専門家の間ではもっと簡単な名を使う。購入する人は五百グラムでいくらの竜井茶とかジャスミン茶とか言うだけで、名は呼ばない。

(2)　チャラン茶

茶は花で香りをつけると本来の味が失われるが、香りをつけなければ苦くて渋い。チャラン茶はその中庸をいくものだ。一部の愛好者のみが購入し、普通の人は好まない。チャラン茶は茶の店では「蘭窨」と呼ばれ、「蘭窨岩頂」、「蘭窨娥眉」、「蘭窨宝珠」など十数種の名称がある。北京の人は通常「蓮蕊」と呼び、茶館の札にはそう書いてある。竜井とは異なる清らかで淡い色をしており、心の静かな人でないとその良さは分からない。

(3) 武夷紅茶

武夷紅茶は熟茶の一種で、冬に飲むと寒を除き腹を暖める。古い時代の北京の人は好まず、一般家庭でもほとんど見られなかった。西洋の風習が広がり、ダンスホールやコーヒー館にも紅茶が置かれ、西洋レストランではコーヒーの代わりに紅茶を使うようになった。ミルクや砂糖を加えることもある。そこで紅茶の人気が高まり、茶菓子店でも紅茶を置き、新しい家庭でも紅茶を備えるようになった。が、朝茶を飲んで晩に酒を飲むという人たちは見向きもしない。紅茶は「鉄観音」と「上下岩茶」が最高で、「竜須」、「白毫」、「紅寿」、「九曲君眉」、「桂花紅眉」、「大紅袍」、「紅雨淋」がそれに次ぐ。名も色も深みがあり、かたまりにして売っているものもある。「水鮮竜団」、「武夷竜須」などだ。

(4) 竜井緑茶

茶の店の看板には「紅緑花茶」と書いてあるが、「紅」は紅茶で、「緑」は竜井と六安を指す。

竜井は西湖の竜井で産するためその名があるが、竜井の面積は七ヘクタールくらいしかないので、多くの茶を産するのは無理だ。西湖の近くで本物の竜井が飲めるとは限らない。ましてや数千キロも離れたところでは！　茶の店では竜井を「竜茶」と呼んでいる。等級を言えば、最もよいのが「超等竜茶」で、「西湖竜井」、「明前貢竜」、「春分貢竜」などがそれに次ぐ。他に緑茶には「洞庭碧螺」、「四望攀針」、「六安梅片」、「六安針晃」、「六安春茶」などがあり、最も劣るのが「大広丁」だ。

(5)　各種の花茶

茶の店の花茶は菊の花を使うものが正統だ。「貢菊」、「黄菊」、「白菊」などがあるが、すべて茶の菊で、薬屋で売っているものとは細やかさが違う。その他に「霍山石斛」も花茶の列に入るが、値段が高すぎて、飲める人は少ない。花茶にはほかに「枸櫞茶」、「野薔薇茶」、「桑頂茶」、「桑芽茶」、「苦丁茶」、「バラ茶」、「安化貢尖」などがある。ジャスミン茶やチャラン茶も、花茶と呼ばれる。近年蘇州で「ダイダイの花」を茶に入れる風習が始まり、徐々に北方に伝わってきたので、茶の店に行くと必ず「ダイダイの花」がある。

(6)　プーアル茶

以前は盛んで今は衰微したプーアル茶は雲南のプーアルで産し、かなりの種類がある。「蛮松芽茶」が最もよく、「蛮松普」がその次だ。他の茶とは装いが異なり、平たい形のものは「七星餅」、レンガ状のものは「プーアル茶磚」と呼ばれる。かたまりにしたものは大小の二種に分かれ、大は重さが五キロで「百両プーアル団」と呼ばれ、小はこまごましたもので「普再星団」と呼ばれる。プーアル茶を飲むときは煮込むことが必要で、ショウガを加えることもある。辺境旅行の必需品だ。

茶葉は産地で摘み取られてから人の加工を経る。とくに紅茶は炒める、さらす、蒸すなどの手順を経て、茶の持つ「寒性（体の熱をさます作用）」が取り除かれる。ほかに「窨茶（花で香りをつけた茶）」は、緑茶を加工して各地に直送するのだが、いわゆる「双窨（花で二度香りをつけた茶）」とは販売地に到着した後再びジャスミンの花で香りをつけたものだ。花の数量は茶の量に比例し、多すぎても少なすぎてもいけない。だいたい二十四時間くらいの時間をかける。時間が短ければ味が良くないし、長ければ変なにおいがつく。香りが過ぎると臭くなる、ということだ。

◇北京の水

北京の人が茶を飲むとき、水にはあまりこだわらないように見えるが、実はそうではない。かつて北京にポンプ式の井戸も水道水もなかったとき、旧式の井戸の水は苦いものが多かった。当時清朝の軍や貴族には白米が支給されていたが、苦い水のほうが白米がおいしく炊けたので、苦い水が重視された。料理やスープを作るときは、甘みのある水か「甘みと苦みの両方ある水」を使用し、洗濯や花にやるときは「甘みと苦みの両方ある水」が中心だった。茶を淹れるときは、甘みのある水を使った。甘みのある水が手に入らない貧乏な家では、甘みのある水の代わりに「甘みと苦みの両方ある水」を使った。かつては深い井戸ではなかったので、水は苦くて渋く、アルカリ分が多かった。「甘みと苦みの両方ある水」は苦い水よりマシだったが、それを出す井戸の数は苦い水を出す井戸より少なかった。甘みのある水を出す井戸はさらに少なく、深いところからくみ出さなければならなかったので、場所に拠った。筆者はかつて甘みのある水で有名な「上竜」の井戸水を飲んだことがある。ポンプ式の井戸ほど深くはなかったが、甘くて冷たく、さすがにいい泉だと思った。

かつて水を汲んでいたのは山東の人で、「井戸一家」を形成していた。「甘みと苦みの両方ある水」を掘り当てると、金持ちになれた。人家には甕が二つあり、一つに苦い水、もう一つに「甘みと苦みの両方ある水」を貯え、真ん中クラスの家だと、それに加えて甘みのある水を貯える壷を備えていた。特定の水だけを汲む人もいれば、二、三種類の水を汲む人もいて、甘みのある水を専門に汲む人は「傑物」だった。以前宮中では玉泉山の水を使っていたが、茶を嗜む人の中には、宮中用の水を扱う人と友達になったり、金を渡したりして、手に入れようとする人もいた。その他の貴族は、甘みのある水を出す井戸へ車を差し向け、水を調達していた。「甘みのある水を出す井戸」では、毎日大量の金が儲かった。当時北京には「南城の茶葉と北城の水」という言葉があった。いわゆる北城とは、安定門の外で、甘みのある水が多かった。たぶん水脈の関係だろう。「上竜」と「下竜」の二箇所が最もよかった。二百歩くらい離れていて、上竜が北、下竜が南にあった。下竜は今は埋められ、建物もないが、上竜は毛さんという人が茶店を出している。安定門の外の甘水端のあたりにも甘みのある水を出す井戸があり、元や明の時代から有名だった。明の時代に最も栄え、文人墨客が集い、いつも茶を飲んでいた。さまざまな催しも行われ、繁華街となった。清代になると少しさびれたが、相変わらず甘みのある水を売っており、ポンプ式の井戸が広まるまで続いた。安定門の外の角楼の北側に「満井」という井戸があった。井戸の縁まで水があふれ、身をかがめれば飲めた。清らかで甘みがあったので、明代には多くの文人が通い、かなりにぎやかだったが、清代になると誰も来なくなり、さびしい場所になった。この井戸の付近は今も潤い豊かで、静かだ。数年前門人の王永海らとともに赴いた。化学実験用のガソリンコンロと茶具茶菓子を持ってピクニックに行ったのだが、実に静かな趣きがあった。

◇偽　茶

北京の西山一帯にかごを担いでいる山の人がいるが、いわゆる山茶をそこで売っているのである。価格が安いので、村民は先を争うように買って飲む。その後北京の茶の店が低級の茶として扱うようになり、偽茶と呼ばれるようになった。山茶は北京西部の山中に産し、南に行くと徐々に少なくなる。山茶の原料は最初はハナズオウが主だった。若芽を摘んで太陽にさらし、蒸したりせずに売りに出した。山茶を飲むときは、砂袋を使って煎じなければならない。煎じれば煎じるほど味が濃くなる、冬に山茶を飲むと、いっそう趣きが深くなる。

初期のハナズオウの芽の茶は評判は悪くなかった。販売量が増え、飲む人が多くなってくると、小さな葉や大きな芽を加え分量をごまかすようになったが、本来の味を損なうものではなかった。その後、さらに異物まで加えるようになった。が、山の人は夏の育った葉と秋が終わった後の小さな葉は摘まず、春の若芽だけを摘む。ハナズオウは茶の代わりにはなるが、毒も含まれており、うっかり肉と一緒に摂取すると、死んでしまう。西山の竜泉塢一帯に、アンズを多く産する。山の人は冬の末と春の初めに年を越したアンズを拾い、茶の代わりに淹れる。酸味は全くなく、すがすがしい香りが漂い、うっとりした気持ちになる。

このアンズを拾うなら、雪で圧されたものでないといい味がしない。それゆえ「雪を踏んで梅を尋ねる」と言われるようになった。翁偶虹さんと一九二六年共に過ごした際、毎日茶にこれを入れて飲んでいた。翁さんも覚えているだろう。山茶に混ぜる異物としては「剪子股」草と「酸不溜」草、「ハチジョウナ」の三つがあり、他の樹木の葉を入れてはならない。その後都会の人が、本物の茶に山茶を混ぜて量をごまかすと金が儲かることに気づき、山茶を買うようになった。まさに玉石混淆だ。その後ナツメの若葉やヤナギの若葉を使用するケースも出てきたが、あぶってみると普通以上の味で、「高等偽茶」となった。

この種の偽茶の製法は以下のとおりだ。摘んだ芽と葉を洗って、太陽にさらし、乾かす。そしてせいろうに入れて蒸す。その後再び太陽にさらして乾かし、また蒸す。七回これを繰り返すと、芽も葉もすっかり柔らかくなり、触っただけでぼろぼろと崩れる。そうなるとむしろの上に置いて陰干しをし、手で揉んだ後、磁器の甕に入れて蒸らす。蒸らす期間が長ければ長いほど、茶の味はよくなる。こうやってナツメやヤナギの葉を用いて作った茶は、それぞれ等級があるのだが、「竜井緑茶」のようなもので、ジャスミン茶や普通の緑茶と飲み比べても、素人は違和感を感じない。まさに中等レベルの味だ。しかし、真に名誉を大切にする大きな茶の店なら、これをもって名誉を損なうようなことはしない。

近年、西山の画眉山一帯の農民はハナズオウの山茶は冬にのみ適し、夏は竜井茶でほてりを消したほうがよいと考え、ナツメの芽を使用した「自家製竜井茶」を作った。「自家製緑茶」が売れてから、花で香りをつけたものも作った。剪子股と酸不溜、ハチジョウナなどを摘んで、あぶったのである。

安物の偽茶には、ニレやチャンチンの若葉を使用したものもある。ニレの葉は特別なにおいはしないが、チャンチンの葉はくさみがあり、加工処理が必要だ。京西斎堂は西山で偽茶を製造している。チャンチンの若葉を摘んで、蒸したりさらしたりを六度か七度繰り返してくさみを取り除き、大量のウコンの汁をかける。その茶は色は濃い赤だが、ダイオウのような苦みがあり、一般の客に売っている。

本物の茶に花の香りをつけるのは、花の産地である豊台地区で行っていた。偽茶はもとは広安門内で作っていたが、偽茶にも花の香りをつけなければならないということで、豊台地区で加工するようになった。

茶館――〈金　受申〉

北京の茶館の種類はとても多い。昼と夜の一日二回、講談を演じているところは「講談茶館」という。「講談はやるが緑茶は売らない」が講談茶館のスローガンだ。茶や酒、ピーナッツやソラマメを売っているところは「茶酒館」という。各種の商売人に集会の場を提供しているところは「緑茶館」だ。そして郊外のさびしい村のものは「野茶館」と呼ばれる。「講談、酒、緑茶、野」の四種の茶館について語る前に、まず「大茶館」について話をしよう。

大茶館は清代の北京で隆盛を極めた。軍人や役人は毎月給料が支給され、季節ごとに米が支給されていた。経済的な余裕があり元気もあったので、趣味や遊びのほかに、茶館に行って気晴らしをしたのである。そして大茶館はますます栄え、さまざまなものができた。北京の大茶館といえば、後門の外の天匯軒が最大だったが、火災で焼け、その跡地に市場ができている。その大きさがわかるだろう。東安門の外の匯豊軒が次に大きい。

座席は、以前は蓋つき茶碗を使用していた。茶を味わう人は終日「淡白」を旨とし、あまり飲まない。冬の客はひょうたんやコオロギ、キリギリスやチョウ、カマキリなどを持ってくるので、暖かな空気が必要だ。ことにチョウは蓋つき茶碗から出る湯気がなければ飛べない。それゆえ蓋つき茶碗が流行したのである。大茶館で茶を飲むのは安くて便利だ。たとえば朝食の時に飲んだ後、家に帰ったり外出したりする際には、給仕に一声かけておくと、戻ってきてからも茶を味わえる。蓋つき茶碗だと、一包みの茶葉を二度使え、支払いは一日一回なので、実に廉価だ。

大茶館は焼き窯館、軽食館、搬壷館、「二の肉屋」に分けられる。

まず焼き窯館。大茶館の中の焼き窯は、餑餑（小麦粉を丸めて作った食品）屋の焼き窯に似ている。ただ少し小さく、安い。さまざまな餑餑を作れる。この焼き窯がある茶館は四つだけだ。まず「高名遠」。前門外の東荷包巷にあり、街に面し川を背にしている。かつて清朝の役人が悪事を働く際に使用した。今、清朝はすでになく、「高名遠」は東駅の停車場となっている。次に後門の「天匯軒」。そして東安門の匯豊軒で、「聞名遠」とも呼ばれている。清代、元宵節になると、ここの廊下に提灯がつるされ、名門のお嬢様方が車に乗って観賞した。最後に安定門内の「広和軒」。俗称は「西大院」で、一九二一年以降休業している。

次に軽食館。もっぱら菓子や軽食を作る。

そして搬壷館。焼き窯館と軽食館の中間だ。

最後に「二の肉屋」。食堂やラーメン屋とは異なり、緑茶と酒やご飯を売る店だ。豚と羊、牛と羊など二種類の肉を売っているから「二の肉屋」というわけではない。店のほうで用意した肉のほかに、客が持ってきた肉をかまどで調理して食べさせてくれるから「二の肉屋」というのである。「二の肉屋」には北京独特の「爛肉麺」という食べ物がある。あんかけうどんに似ているが、汁は薄味で肉は用いず、他の調味料もあまり使わないが、独特の風味だ。清の時代に最も有名だったのが、朝陽門外の「肉脯徐行」だ。船による運送が盛んだったときは、食料を運送する人々にほめたたえられ、その名は江南まで聞こえていた。西長安街の西部の「竜海軒」も「二の肉屋」だ。北京の教育界で派閥争いがあったとき、「竜海軒」で集会を開いた派閥は「竜海派」とも呼ばれた。

義和団事件以前は、北京に茶館が林立していた。崇文門外の「永順軒」、北新橋の「天寿軒」、灯市口の「広泰軒」、阜成門大街の「天禄軒」など、それぞれ固定客がいた。「天寿」、「広泰」、「広和」の三か所は車で直接入れたので、地位の高い人や車のある人が日よけ棚の下で酒を飲んだり碁を打ったりして、一時は特に栄えた。

◇講談茶館

講談茶館は講談を主にしている。「昼」と「晩」の二部に分かれ、昼の部は午後三時か四時に始まって六時か七時に終わり、晩の部は午後七時か八時に始まって十一時か十二時に終わった。昼の部の前に、短いものが行われることもある。午後一時から三時までで、「早番」と言う。有名な講談師が昼の部と夜の部を順に担当し、若手や無名な人が「早番」をやった。講談は二か月を一区切りとし、期限が来ると別の人が演じた。毎年特定の二か月を特定の茶館で演じることを「規定通り」と呼ぶ。閏月だと、別の人に頼んで一か月演じてもらうのだが、これを「単月」と言う。三か月か四か月続くこともあるが、例外的で、次の講談師が手配できない時などに限られる。

講談茶館は講談をやる前は緑茶を売っていたし、さまざまな商売人の集会場所でもあった。講談をやりだしてから緑茶を売らなくなった。一回の講談が銅のコイン一枚で聞ける。

北京は講談の発祥の地で、有名な講談師の大部分は北京で鍛えられている。が、北京の講談のなじみ客も経験が豊かで耳が肥えており、なじみ客に評価されると、講談師の名も上がる。北京の講談師は東華門と地安門を恐れている。東華門外の「東悦軒」と地安門外の路地にある「同和軒」（後に広慶軒に改名）の客は経験がきわめて豊富で、何か言い間違えると批評され、以降活躍できなくなるからだ。実際、「北京の講談茶館」と呼ばれるにふさわしい設備と内装を持つのは、「東悦軒」と「同和軒」だけだ。他に天橋に「福海軒」があるが、天橋は歓楽街なのでなじみ客は来ない。それゆえ下手な講談師でも金が稼げる。

茶館の講談には種類がいくつかある。

まず、「英雄もの」だ。「列国」、「三国」、「西漢」、「東漢」、「隋唐」、「精忠誠」、「明英烈」などの鎧兜に刀や槍で戦う内容のものだ。武人が出てきて戦うさまは、どれも千篇一律だ。

「侠客もの」もある。「大宋八義」、「七侠五義」、「善悪図」、「永慶昇平」、「三侠剣」、「彭公案」、「施公案」、「于公案」などで、義理人情を行ったり、一家を守ったり、どこかの親分になったりするストーリーだ。どこかの役人が事件を捜査したり被災者を救済する中で山賊や強盗に襲われるが、配下の英雄豪傑が悪者を退治するという筋書きだ。変わったエピソードが挿入されることもあり、仮装して事件の真相を調べたりもする。聞いているほうは大いに喜び、頭の体操にもなる。袁傑英の「施公案」という講談には、実に手の込んだエピソードが挿入されていた。国家の大事な宝物がなくなったとか、宰相が印をなくし地位を追われたなどのエピソードが入ることもある。「七侠五義」が最も筋が通った内容だ。が、残念ながら清代のものほど勢いがない。「善悪図」は筋もエピソードもいいが、印刷されたものがない。広傑明の得意の演目だったが、去年亡くなり、今は弟子の阿闊群だけが跡を継いでいる。「善悪図」は忘れられるかもしれず、さまざまな講談にその一部分が取り入れられている。誰かが小説化すれば、高い評価を受けるだろう。

講談の際、工夫を凝らして方言を使うこともある。たとえば「永慶昇平」の馬成竜の山東方言、「小五義」の徐良の山西方言、「施公案」の張玉や夏天雄の南方方言だ。が、この三種以外の方言は許されていない。上手な講談師なら、役の特性によって声の調子を使い分ける。袁傑英が趙璧、杜克雄、趙元覇のセリフを語るときや、閻伯濤が賀仁傑のセリフを語るときは、実に味がある。講談には、一、文の意味を説明してはならない（「聊斎志異」を除く）、二、悪口をまねしてはならない、三、対話の時は声の調子で演じ分け、「誰が言った」と言ってはならない、という規則がある。それゆえ上手な講談師が口を開けば、だれのセリフかすぐにわかる。すでに亡くなった講談の大家双厚坪とその弟子楊雲清、そして袁傑英が、個性の描写が一番うまい。「英雄もの」の岳飛と岳雲、牛皐をはっきり演じ分けるのである。それに「英雄もの」と「侠客もの」の中間の講談、たとえば「水滸」などは様々な場面と人物が登場するので極めて難しい。

以前双厚坪の「水滸」を聞いたが、武松、魯智深、李逵の個性を見事に演じ分け、阮小二、阮小五、阮小七の三人の似たところと違うところも、はっきり聞き取れた。「簾を持ち上げ衣を裁つ」ところと「武松嫂を殺す」ところが素晴らしかった。双厚坪の衣鉢を継げるのは、楊雲清だけだ。楊雲清の「済公伝」と「水滸」を聞いたことがある。一つの段を数回聞いても嫌にならなかったのは、彼が様々な要素を織り交ぜ、随時に置き換えているからだ。かつて「侠客もの」では、潘誠立と田嵐雲が客に最も評価され、一世を風靡した。また、群福慶の「施公案」と「于公案」も極上で、「活ける黄天覇（「施公案」の主役）」という別称まであった。講談をじっくり聞きたいのなら、群福慶の「施公案」と

「于公案」が一番いい。客の要求に常に応え、四十年評価され続けてきたのである。群福慶の弟子は少なくないが、みな名前に「栄」という字がついている。が、彼の神髄を会得したのは張栄玖だけだ。間接の弟子ではあるが廷正川も、彼の「于公案」を伝えている。それ以外の「侠客もの」では、海文泉がかなりいい。

「怪奇もの」だ。「西遊」、「封神榜」、「済公伝」など数種類ある。「西遊」は道教関係の講談で、創始されてから数十年、「永、有、道、義」の字を名前につけた人たちが順に伝えてきた。講談の際は漁鼓という楽器を鳴らし、沈香仏手餅という菓子を配っていた。李有源とその弟子奎道順、そして奎道順の弟子邢義儒、什義江の「西遊」を聞いたことがある。奎道順になると漁鼓は使わず、「義」の字が名前につく人たちは沈香仏手餅も配らなくなっていた。李有源は「活ける悟空」として有名、奎道順は「活ける八戒」として有名だ。私は幼い頃ずっと「西遊」のマニアだった。「西遊」の講談では悟空をまねたり、八戒の時は体をよく動かすので、幼い子はすぐ病みつきになってしまう。それゆえ親は子供に「西遊」の講談を聞くことを禁じるのが普通だった。「西遊」は講談の世界ではすでに忘れられ、「慶有軒」でももうやっていない。ある小学校で仕事をしている李という人が伝えているだけだ。

「封神榜」は「西遊」に比べると勢いが激しく、双厚坪がやっており、彼の死の直前の最後の演目でもあった。双厚坪は語り口が滑稽で、登場人物にそれぞれあだ名をつけていた。今、「封神榜」の講談をやる人は少ないが、李傑恩は上手だ。

「済公伝」も双厚坪のものが一番良かった。済公が罪を着せられ二度生まれ変わる段ができるのは、楊雲清だけだ。楊雲清の「済公伝」には長所と短所がある。長所は、まず済公の身の上を余すところなく述べていること。そして話に落ちがあり、風景描写も具体的なことだ。とくに「役人の事件処理」と「コオロギの戦い」は十八番だ。これは楊雲清がかつて役人だったからだろう。死体の検視の場面など実に詳細だ。短所は、あまりに細かすぎて速度が遅いことだ。堅苦しさもあった。楊雲清の死後は、劉継業の「済公伝」が一番いい。長所は客を満足させるべく、済公の法力について多くを語ること。短所は休みが多いことと細かさに欠けることだ。

「聊斎志異」の講談は清の末期に成立してから、多くの人が演じたが、かなり難しい。堅苦しくなりすぎても俗っぽくなりすぎてもダメで、物語の解釈に欠陥は許されず、原文記載の事実に合わせる必要があるからだ。近年「聊斎志異」の講談をやる人は何人かいる。もう亡くなった董雲坡はみやびさとユーモアを兼ね備え、とても人気があった。四か月続けて聞いたことがあるが、思い出しても味わいが尽きない。今一番いいのは天津の陳士和だ。陳士和は「聊斎志異」を世俗のこととして語るが、みやびさも失わない。仕掛けを用いるのが長所で、他の講談師にはまねできない。もうやめてしまったが董卓如も、董雲坡と陳士和には劣るが、悪くなかった。近年人々の生活が困難になり、講談を聞くのも容易ではなくなってきた。それゆえ多くの客を引っ張ってこようと思えば、多く演じるしかない。品正三の「隋唐」の講談は、二か月の間に唐の後の五代のことまで扱い、他の講談師の五、六倍の量だ。「品の八セット」という美名を博し、商売もうまくいっている。

講談茶館は一年を期間として講談師を招く。ふつうその年の前に講談師と話し合い、酒席を設けて接待するのだが、これを「請支」という。一年一度、「規定通り」の時もこれをやらねばならない。講談の毎日の収入は、茶館が三、講談師が七の割合で分ける。講談師の旧知が講談料とは別に金銭を渡すこともあるが、これは講談師のものだ。期間の最後の日になると、なじみ客が講談料のほかに「餞別の金」を渡す。多かろうと少なかろうと、気持ちをつなげておきたいのだろう。

◇野茶館

清の時代は、北京の皇帝の御苑は開放されていなかった。故宮、太廟、社稷壇、三海も当然開放されておらず、什刹海の臨時市場も一九一六年にやっと開かれたものだ。市内は陶然亭と窰台以外に憩う場所はなく、当時の人は郊外に行くしかなかった。夏になると大運河の「二閘」で催しが開かれ、銅鑼や太鼓で興を添え、きれいに花を飾り、望海楼の周りはにぎわった。五月に入ると、朝陽門、東便門、「二閘」の間を遊覧船が多く行き交っていた。両岸にアシやオギ、エンジュやヤナギが並び、船首で「蓮の花が落ちる」と歌うのである。にぎやかなだけではなく、さわやかだった。それに永定門外の沙子口に「四塊玉茶館」がある。北京郊外の有名な茶館で、車や馬の競争も行われ、毎年春と秋はとてもにぎわう。夏には八角鼓で曲を鳴らし、王侯貴族や有名役者、大商人が楽しむ。他に東直門外の水道水廠東北の「紅橋茶館」も規模が大きく、明代から清の末まで三百年栄えていた。清の末年に趙奎順という芸人がここで「蓮の花が落ちる」と歌ったのだが、今はもう跡形もない。上述した「二閘」、「四塊玉」、「紅橋」などは郊外に位置するが、野茶館と呼ぶには抵抗がある。みな娯楽を目的とし、清末から民国時代にかけて朝陽門外にあった「菱角」と同じく、歌や芝居を演じる施設があるからだ。

野茶館とは本来静かで清らかなところで、丈の低い日干しレンガ造りの建物にアシのすだれで支えた日よけの棚、生け垣にアサガオが咲き、土製のテーブルと腰かけ、黄砂で作った茶碗がおいてあり、濃くて苦い黒い茶を出すところだ。村の農民たちと収穫や作物について話し、目に映るのは青い空と白い雲、耳に聞こえるのはカエルの鳴き声、これが野茶館本来の姿だ。記憶によれば郊外の野茶館は次のいくつかだ。

《麦子店野茶館》朝陽門外麦子店東窖にある。四面をアシで囲まれ、とても静かだ。北窖の「窖西館茶館」と似ている。老漁夫が釣った魚を持っていくと、料理してくれる。突風やにわか雨の時も雨宿りできるので、今でも堂々と存在している。麦子店付近の川にはミジンコがとても多いので、魚飼育のベテランが毎年取りに来る。清の時代に宮廷で魚を飼育していた役人が麦子店にミジンコを取りに来ていた。二月から九月までの八か月は、麦子店の野茶館は人でにぎわう。夕暮れ、釣り竿を肩に担いだ老人があぜ道を歩く姿は、すこぶる画趣がある。

《六舗炕野茶館》安定門外の西北にあり、四面が畑で、花の間をチョウが飛び交い、新緑があふれている。はねつるべのそばで農夫が歌い、俗世間から脱出した気分になる。ここに茶を飲みにくる人は、主にゲームが目的だ。ひまつぶしが中心で、勝敗は気にしない。夕暮れになると、勝った方が金を出して酒や料理を注文し、共に酔う。その後月の影を踏みながら城門へ急ぐのだが、実に趣きがある。

《緑柳軒野茶館》安定門の東河の北側にある。少しくぼんだ所にあり、周囲はヤナギに幾重にも囲まれている。店の主が水を引いて池を作り、ハスの花をいっぱい植えているが、詩趣が豊かだ。夏になると囲碁の会などが開かれ、多くの客が茶を飲みにいく。

《葡萄園》東直、朝陽の二つの門の中間にあり、西は川に面し、南と東は菱角坑のハス池に面している。北には多くのブドウ棚があり、古木が天をつき、まがきが続く風景は、野茶館の中で一番だ。夏になると囲碁の会や詩の会が行われ、多くの人でにぎわう。

《「上竜」、「下竜」》北京にポンプ式の井戸がなかった頃、甘みのある水を手に入れるのはとても難しかった。市内の甘みのある水を出す大きな井戸の売り上げは非常に多かった。「南城の茶葉と北城の水」と北京の人はよく言うが、その「北城の水」は「上竜」と「下竜」を指している。「上下竜」は安定門の外にあり、「上竜」が北、「下竜」が南で二百歩ほどの距離だ。清の時代に、「上竜」の北隣に興隆寺という古刹があった。地勢の高い場所にあり、寺の北に池があった。寺の僧がそこに茶店を設けたが、窓から数キロも続く林と西山北山が遠望でき、ツバメが水面をかすめる姿なども見られ、そこで味わう雨前茶は格別の趣きがあった。境内に樹齢三百年のブンカンカの木があり、花が咲くと香りが満ち溢れ、文人たちが集った。今、「下竜」は埋められ、興隆寺も荒れ果ててしまったが、「上竜」は毛さんという人が今も経営している。井戸をヤナギの古木が覆い、東側の空き地にむしろ掛けの小屋を設けている。井戸の南にブドウ棚、西南にアシ池だ。店の主は茶や酒のほかに、村で作ったマントウも売り、商売は上々だ。日干しレンガ造りの建物が少し高いところにある。冬に窓際で飲んでいると、遠くから年画を売る声が聞こえてくる。三十年前に戻ったみたいだ。

《三岔口野茶館》は徳勝門外の西北、撞鐘廟の近くにある。徳勝門大道に東向きに面しており、背後に林がある。丈の低い建物に部屋が三間あり、商売は繁盛している。市内からここに来て野茶を飲む人はもとより多いが、徳勝門の果物販売業者が商談をする場所になっているのがその主な理由だ。

《白石橋野茶館》西直門外の万寿寺の東にある。清代、三山村の戦いのとき、万寿寺付近を通過した兵士はみな白石橋野茶館で足を休めた。それゆえ今日でも存在している。高梁橋と白石橋の間の川は深くて魚も肥え、柳の枝が水面に触れ、オギの花が揺れている。そういう趣きを愛する多くの人が船に乗って酒を飲んだり、釣りをしたりしているので、白石野茶館はよりにぎわってきている。

◇**緑茶館**

緑茶館は茶の提供を主とし、さまざまな職人の集う場にもなっている。何かの職人を探しているのなら、緑茶館に行けばいい。職人は仕事がなくなると、緑茶館に行って茶を飲む。仕事が見つかるかもしれないからだ。また、緑茶館は一般の人に資金集めの場を提供したり、囲碁クラブを設けたりもしている。たとえば囲碁の名人崔雲趾さんは、かつて什刹海の二吉子茶館にいたし、中国将棋の名人那健庭さんは、かつて隆福寺の二友軒にいた。緑茶館のよき話である。

◇**茶酒館**

茶酒館では酒を出すが、その規模は小さい。大きな居酒屋はおろか、小さな店にもかなわない。酒は出すものの、つまみはない。門前のヒツジやロバの肉を売っている店で買わなければならない。茶酒館で酒を飲むのは、おしゃべりが目的で、酒はそんなに大切ではないのである。

茶館――〈繆 崇群〉

どの都市にも茶館はある。たとえ小さな村でも、雑貨屋はなくても、茶館はたいていある。ある地方の様々な特色を味わいたいのなら、茶館をめぐるのが最適だ。

南京には、お大尽がコーヒーや紅茶を飲む場所があるし、女性が歌を歌ったり酌をしてくれる場所もあるが、ここでは取り上げない。古い歴史があり今ではとても有名な秦淮河のほとりの夫子廟の左右や、貢院の近辺にある、それぞれの旧式の建物について話したいのだ。大きな文字の看板があり、「奇芳」、「民衆」、「得月」、「六朝」などと書いてある。歴史のある、南京の本場の茶館だ。

必ずしも茶を飲むのが好きなわけではない。が、これらの歴史を刻んだみやびやかな看板を見ると、誘惑と空想をかき立てられる。ある茶館に朱洪武が湯を飲むときに使った大きな碗が残っているとか、ある王朝の皇帝の料理人が使った雑巾が残っているとか聞けば、入場料を払ってでも見にいきたくなる。が、これと茶を飲むこととは別の問題だ。看板の来歴や店の主の事情などを考証するのが好きな人が茶館で茶を飲むこともあるが、私は違う。

茶館に入る人は、最低でも自由自在であることを求める。北京の茶館には「国事を語るなかれ」という赤い張り紙があるが、それは一種の制限だ。南京の茶館には「国事を語るなかれ」という制限はないが、中に入ると「肉類は扱っていません」と書いてある。実際、茶館で国事を語る必要などない。国事を語るのは「だんなさま方」で、「だんなさま方」は茶館に来る必要などないからだ。肉類を扱っていないのなら、出家者も在家者も茶館に来ることができ、便利だ。「肉類は扱っていません」というのは客を集めるためかもしれない。

早朝から日が暮れるまで、茶を飲む客で席はいっぱいで、しかも川の流れのようにとどまることはない。午前九時か十時から午後三時か四時までは、茶館はまるでハチの巣だ。多くのハチが中に潜り込み、多くのハチが外に出てくる。日曜日はもっとにぎやかで、たとえてみれば、ハチの群れが戦争をしているようなものだ。その情景を想像してみてほしい。

もっとも退屈だった日々、頭のないハチのように私は外をうろついていた。葉巻と女の匂いのする「高貴」な場所に行きくしゃみをしながら戻ってきたり、何かの巣窟に行き、そこの一員になったりした。

茶館の絶えることのないざわめきを聞くようになってから、私の気持ちは自由になり、楽しみも増してきた。座ると、壁にかかった額に「竹の炉で湯が沸く、まるで笙を聞くようだ」と書いてあった。典故はほとんど知らないが、何度か茶館に行くうちに、その額の言葉の味が少しずつ分かってきた。茶館の情景をハチにたとえたのは、俗っぽさが過ぎたかもしれない。

上の階で飲むのはだいたい「貢針」で、一碗七分だ。一階で飲むと一分安い。茶葉が劣っているからか、故意に等級に差をつけているからかはわからない。等級の違いは大したことではないが、上の階に行った人が損をしたと思うのではないだろうか。

私が観察したところによると、同じ茶館の同じテーブルでも、三種類の異なった茶具を使う。私は「茶経」は読んだことはないが、こんな分け方はしていないだろう。

第一、紫色の宜興の急須で茶を淹れ、大きくて赤い蓋つき茶碗あるいは小さくて白い湯呑みで飲む。

第二、大きくて赤い蓋つき茶碗で茶を淹れ、飲む。

第三、大きくて赤い蓋つき茶碗で淹れ、小さくて白い湯呑みで飲む。

この三種の異なる茶具は、だいたい三種の違った客が使用する。第一のものはいつも来るなじみ客で、朝早く来るし、午前にも午後にも来る。第二のものはなじみ客だが、第一のものほどではない客だ。忙しくていつも来るわけにはいかないし、来る時間も晩いので、宜興の急須はすでに他人のところにまわっている。それゆえ茶を淹れた大きくて赤い蓋つき茶碗で飲まざるを得ない。第三のものは普通に茶を飲む一般客で、茶を飲んで渇きをいやしたら、帰っていく。

第一のもの以外の他の二種類の客の大きくて赤い蓋つき茶碗の下には、茶托を敷いておく。料金を払ったかどうかの目印で、払った人の茶托は持っていくのである。もし客がこっそり茶托を持っていってしまえば、ただ飲みしてもわからない。まさに「防ぎようがない」わけだが、そういう悪い人はいないようだ。が、三種類の客の中では、第一のものが他の二種類より信頼されている。宜興の急須で茶を淹れる場合、下に茶托は置いていないからだ。

茶館といっても、マーケットの一面もある。干絲やキャンディーなどの食べ物やベルト、ブラシ、子供のおもちゃなどを売りにくる。時に、黒い手が目の前に差し出されることもある。物を売っているのではない。その手に銅のコインを握らせると、かすかに震えながら引っ込む。その人の顔を見たいか？　何が見えるか？　こっちは茶を飲んで一服しているが、向こうの落ちくぼんだ目は飢餓の光を放っている！　何をのろうのか？　その人が誰をのろっているか知っているのか？

あるとき、物売りが「いいものがあります」と言いながら、注意深くケースを開けた。中に入っていたのはメガネだ。

「ご覧ください。水晶製です。お安くしておきます」

私は何も言わず、じっと見つめていた。私の目を見てメガネをかけないことがわかったのか、物売りは去った。茶館でメガネを売るには、「察し」が必要なのだ。

メガネ売りはいるのに、惜しいことに入れ歯売りはいない。
また、女性の大腿部を描いたポスターと耳かきを売る人がとても多い。
茶館では土地の言葉がわかると面白く、いろいろ勉強になるものだ。

〈一九二三年六月十八日〉

茶坊哲学——〈范　烟橋〉

浙江の多くの茶坊は、南宋の時代に栄え始めた。仕事のない人が憂さ晴らしに茶を飲んでいると一般の人は思っているが、私の観察によれば、実情は違う。茶を飲むことは完全に無益とは言えず、「博奕なるものあらずや、これを為すはなお已むにまされり」という言葉と似た部分がある。

例えば友人と会う際、中国人は約束の時間を守らないことがよくある。午前中に来るはずが、晩になっても来ないことも往々だ。もし茶坊で待ち合わせをしておれば、先に到着したほうが茶を飲み静かに待っていれば、一人でも寂しくない。甲さんとだけ会う約束だったが、乙さんや丙さんと出くわすかもしれず、かえって便利かもしれない。

蘇州の茶坊では新聞を借りることができる。大きな新聞で銅のコイン四枚、小さな新聞で銅のコイン一枚しかかからない。現在は多くの新聞が発行されており、多くを読もうとすれば毎月かなりの金がかかる。茶坊に来れば、わずかな費用で、かなりの新聞を読める。合理的ではないか。

また、新聞に載っていない多くのニュースを、茶飲み客から聞くことができる。とくに時局が変化しているときには、多くの参考に値する情報を仕入れることができるので、新聞を読むより有益だ。「呉苑」という茶坊について言えば、土地の新聞記者や各機関の職員が、価値のある情報を一般の茶飲み客に喜んで公開している。

茶坊では常識も勉強できる。色々な経験を持っている様々な茶飲み客が、それを口に出してしゃべっている。ふつうは多くの時間をかけてやっとわかることが、茶坊だと労せずして頭に入ることもあるのである。図書館は百科の大学だといわれるが、茶坊はまさに活ける図書館だ。茶飲み客の品性もいろいろあり、当然一律ではない。人をもって鑑とすれば、道徳の勉強にもなる。ケチな人が何度か茶を飲めば、少しはおおらかになるし、頑固な人が何度か茶を飲めば、頭も少しは柔らかくなるだろう。

中国には娯楽がとても少ない。一日苦労して仕事をしても、娯楽が全くなければ、精神的な苦痛も大きい。都会には、賭け事や女郎遊び、煙草などの有害無益な憂さ晴らしがある。これらは慰めを得られないだけではなく、かえって煩いを増やしてしまう。茶を飲むことなら、絶対にいかなる損害もない。いやなことがあったら、茶坊に来ればいい。数人の茶飲み友達とおしゃべりをすれば、苦しいことはすぐにどこかへ飛んでいくだろう。もめ事解決のための「仲裁の茶」を飲む人を除いて、大多数の客はいつも笑顔だからだ。

市場の状況を知りたいのなら、茶坊に来ない手はない。ここ数日のカニの値段はいくらくらいか？　美麗マークの煙草はどこで安く買えるか？　どこの牛乳が一番いいか？　特別なものや目新しいものがあるか？　こういうことはすべて茶飲み客の会話を聞いていればわかる。バーゲンセールなども、どこの店が安くてよいものを売っており、どこの店が詐欺まがいのことをしているか、知ることができる。そうすれば損をすることもない。

もっと言えば、茶坊に行けば学問も増える。多くの学者がよく茶坊に来るからだ。この字はどう読むのか？　あの人の作品や主義はどうか？　ある人は誠実なので友とするによく、別の人は学識が深いので師とするによい。こういう人物評価も、茶飲み客の話題だ。

現在の物質文明は、日進月歩だ。茶飲み客がよく新しい品物を持ってきて茶飲み友達に紹介しているが、商店に行くより便利で分かりやすい。少なくとも、どのメーカーの品物が耐久性があるか、どう使えば効果が上がるかなどを知ることができる。

最も重要なのは何か問題が発生した時だ。自分の家で解決できなければ、茶坊に来て、茶飲み友達と相談すればいい。いつも会っている茶飲み友達なので、熱心に話を聞き、いい案を出してくれるだろう。体の具合が悪いときの漢方薬の処方を聞くにも便利だ。茶飲み客が数人いれば、百科事典と同じようなものだ。

最近はもめ事が多く、訴訟もしょっちゅうだ。法律相談も、茶飲み客が無料で引き受けてくれる。多くの弁護士が、よく茶坊に休息にくるからだ。何か問題があれば、相談料ゼロで、教えてくれるだろう。

失業して、どこにもツテがなければ、茶坊に来ればいい。勢力や権威のある茶飲み友達と接近できる。茶坊の中では一切が平等だ。家に行けば門前払いかもしれないが、茶坊の中では避けるわけにはいかない。それが無理でも、いろいろな情報が得られる。どの会社がどんな人材を探しているか？　どの会社でだれが辞める予定か？　だれがどの会社と近いか？　だれがどの機関のトップと親しいか？　どの職の給料はいくらか？　まるで職業安定所と同じだ。

他の茶坊の状況は知らない。私は今蘇州の話をしている。いつも「呉苑」に茶を飲みにくるが、まさにこの通りだ。実例は、枚挙にいとまがないが、ここでは繰り返さない。

蘇州には「茶館の勅命」という変わった言葉がある。茶坊には一種の不可思議な世論があり、新聞の社説や裁判所の判決より力があるということだ。袁世凱がいつも「呉苑」に来て「茶館の勅命」を聞いていれば、皇帝になろうなどとは絶対に考えなかっただろうと言った人がいる。どんなに悪い人でも、「茶館の勅命」にはおとなしく従うだろう。「十目の視る所、十手の指す所、それ厳かなるかな」で、後ろめたさを感じるからだ。

政客の論じる所は偏っており、バックがある。「茶館の勅命」だけが公平で、変な意図がない。それゆえ真の「是非」がこもっているのである。

以上に述べたのはいいところばかりだ。どんなものでもいいところと悪いところがある。が、それは自分で選ぶものだ。茶を飲まない人は悪いことをしない、というわけではないだろう。これらの話は哲学というほどのものではない。哲学者にお許しをいただきたい。

〈「新上海」第四期　滬浜出版社　一九三三年版〉

Ⅱ　酒のエッセイ

酒を語る――〈周　作人〉

最近、酒を飲むのが面白くなった。私は首都にいるが、東南部の海辺で生まれ育った。酒の産地として有名なところだ。叔父の家でいつも自家用の酒を造っていたが、その製法はずっとわからなかった。「酒はもち米で造る」という童謡を聞き、もち米を使うのだろうと思っていただけだ。酒を造る方法と器具は簡単なように思えたが、煮る頃合いがとても難しく、経験のある人でないとできなかった。それゆえ、ふだん酒を造るときは「酒頭工」と呼ばれる人を招いていた。自身は酒を飲めない人が最も良く、その人に酒を煮る頃合いを見計らってもらっていたのである。遠縁の親戚にあたる人で、私たちが「七斤おじさん」、母が「七斤さん」と呼んでいた人が、酒頭工として酒造りの手伝いに毎年来ていた。彼は刻み煙草が好きで、よく冗談を言い、麻雀をやったが、酒はあまり飲めなかった。それゆえ仕事は繁盛し、五十キロ百キロ離れたところにもよく招かれていた。彼の言うところによれば、そんなに難しくはないそうだ。甕のそばまで行って身をかがめ、泡の音を聞くだけだという。カニが泡を吹くような様子になれば、頃合いだ。早いと酒にならないし、遅いとすっぱくなってしまう。しかし、ちょうどいい頃合いは他人にはわからない。熟練した耳がないと決められない。骨董品の鑑定と同じだ。

酒を飲むときは、上品さを表現するため、小さな盃がよく使われるが、これはおかしい。底が浅くて口が大きく、下に脚のついた碗を使うのが正統なやり方だ。古代から伝わったシャンペングラスのようなものだ。酒をよく飲む人は「竹葉青」を重宝する。通称は「本色」だ。「元紅」は「状元紅」の略で、色がついており、素人が好む。他の地方に「花雕」と呼ばれる酒があるが、本地の酒の店にはない。昔、家に女の子が生まれると、酒を醸して花雕（花模様のついた酒壺）に入れて貯蔵し、嫁に行くときにその酒で客をもてなしたそうだが、今はそういう風習はない。「元紅」をそういう時に買ってもてなすことはあるが、飲む方は貴重品とは思わないだろう。酒を飲む人の中には自分の家で醸したものを貯えていることもあるが、その中にきわめていい酒もある。毎年芳醇な酒を造って、数壺庭に埋め、二十年後に取り出す。二十年寝かした熟成酒が毎年飲めるわけだ。この種の熟成酒は普通は売っていないので、買えない。恩師の家で一度だけこういう素晴らしい酒を飲んだが、今でも忘れられない。

私は酒の産地に生まれ育ち、酒について語るのも好きなので、大酒飲みだと思われるかもしれない。実際は全く違う。父は大変な酒飲みで、どれほど飲めたのか私もわからない。毎晩ピーナッツや果物を肴に酒を飲んでいたのを覚えているだけだ。少なくとも二時間ぐらいはしゃべりながら飲み続けていたので、相当な量だっただろう。が、私は父に似ていない。いや、気持ちはあるが体がついていかないと言った方がいい。酒は好きだがあまり飲めず、宴会の時は最初に酔って顔が赤くなってしまうのだ。病を患ってからは、酒を薬として飲むよう医者に言われている。毎回ブランデーを二十グラム、ワインと老酒がその倍だ。六年たったが飲める量は増えていない。現在は百グラムの「花雕」を飲んだだけで、顔が真っ赤になってしまう。飲めば飲むほど顔が白くなる友人がいるが、本当にうらやましい。惜しいことに、酒が飲める人ほど酒を飲まない。美人が自分の美しさをひけらかさないのと同じで、もったいないことだ。

黄酒は少し安いので、いつでも買って飲めるが、他の酒が悪いというわけではない。パイカルは私にとっては度が強く、口に入れると泡ができてしまう。山西の汾酒と北京の蓮花白は少し飲めるが、そんなにまろやかではない。日本の清酒はとても好きだ。ただまるで新酒のようで、あまり穏やかではない。蒲桃酒と橙皮酒は口に合う。が、最も好きなのはブランデーだ。西洋人は茶の楽しみはあまりわからないようだが、酒については造詣が深く、決して中国の下ではない。毎日洋酒を飲むのは、当然国家の利益にならない。外国製のたばこを吸うのと同じだ。が、国産品のみを愛し、歯を食いしばって中国製のたばこばかり吸わねばならぬわけでもない。酒を少しぐらい飲んだって悪くはないだろう。少なくとも私個人はそう思う。

酒を飲むことの楽しみはどこにあるのか？　はっきり言えない。酒の楽しみは酔った後の陶然たる境地にあるという人がいる。しかし、その境地がどんなものか、私はあまりわからない。酒を飲み始めて以降、陶然たる境地を味わったことがないからだ。どういうわけか私の酔いは生理的なもので、精神的な陶酔ではない。それゆえ私が酒の楽しみを感じるのは飲む刹那だけだ。陶然とするのは杯を口につける一刻だけだ。酔えば眠くなって、少し休息しなければならなくなる。ゆったりした気持ちになるが、それが酒の真の楽しみとは必ずしも言えない。眠って夢を見て寝言をつぶやけば、現世のわずらわしさを忘れられるかもしれないが、限りがある。それより宇宙生命のすべてをかけて一口の美酒に耽溺したほうがいい。酒を飲みつつ、私は「杞憂」を抱いている。強硬な封建的道徳の反動として、退廃的な気風が起こるのではないだろうか。果たして、美酒の力を借りて女性は封建的道徳の迫害を免れた。ロシア革命直前のような状況になるかもしれない。が、中国ではそういう運動が成功するとは限らず、青年の反発力も必ずしも強くない。それなら「杞憂」は「杞憂」で、ずっと酒に耽溺できるだろう。もしそうなら、酒を飲むことに新たな楽しみが加わるのではないだろうか。

〈一九二六年六月二十日　北京にて〉

酒を飲む――〈周　作人〉

酒を飲むといっても、都会と田舎では全く違う。都会では酒の招待というと、大規模な宴会で、十皿以上の果物やつまみがつく。一人で晩酌をするときも、かなりのぜいたくで、つまみには工夫を凝らす。鳥類の胃袋の料理やリンゴなどを味わい、ピーナッツ豆腐などはみすぼらしい部類だ。田舎の人が酒を飲むときはまさに文字の通りで、二百グラムくらいの一碗の酒を口の中に流し込んで、終わる。つまみも要らず、茶を飲んだり刻みタバコを吸ったりするときと同じようなものだ。享楽といえば享楽かもしれないが、「ぜいたく」とは言えない。都会や田舎といっても、はっきりと地域を区別しているわけではなく、実際は二種類の社会の人のことだ。田舎でも地主や金持ちはぜいたくな飲み方だろうし、都会でも貧乏な人はみすぼらしい飲み方をする。中国のインテリの大部分は都会にいるので、都会の飲み方しか知らず、反応は二つに分かれる。頽廃派的賛成と清教徒的反対だ。頽廃派はまだしも、清教徒はいろいろなことをあげつらい、田舎の人がぜいたくを享受することに反対するが、田舎の人にとっては茶も酒も煙草も同様に副食という性質を持っていることを知らない。酒がなければ、安くて渋い茶を飲んだり安いタバコを吸ったりするということだ。中華民国の初年に出たいくつかの主張も思いは改革だったが、都会人の立場に基づくもので、妥当でない部分が多かった。たとえば演劇に関するものがそうで、のちの人は参考にしてほしい。私は田舎の人は酒を飲むべきだと主張しているのではなく、例として挙げただけだ。民衆に多くを学べば、話をしても大きく間違うことはないだろう。

〈一九五〇年一月〉

薬酒――〈周 作人〉

唐時代の「姚少監詩集」を読むと、薬という字が多く詩に入っている。数えてみると、全十巻の中の五十五句がそうであり、「武功県中作」三十首の中に五か所だ。かなり多いといえる。私が最も好きなのは「春に遊ぶ」の中の「薬草新苗を長ず」という言葉で、「昊天玄都観に遊ぶ」の中の「風定まりて薬香細し」という言葉は薬草を扱う人に資料を提供するものだ。が、この言葉は薬酒を製造しているときのもののように思える。酒の香りと薬の熱気がまじりあい、薬のにおいの中に酒の香りが混入している。ほかにも似たような言葉がいくつかある。

薬酒はよく飲むが、特に興味があるわけではない。茵陳酒の色と香りは素晴らしいと思うが。ざっくり薬酒と言えば、風味が豊かで、生活に役立つもののようだ。古人も「酒は百薬の長」と言っている。

「説文解字」十四篇に「医、病を治す工なり。殹、悪き姿なり。医の性、然り。酒を得て使う。酉に従う。王育の説。一に曰く殹、病で声なり。酒は病を治す所以なり。『周礼』に医酒あり。古は巫彭（伝説中の神医）初めて医を作る」とある。これを見ると、酒は薬と関係があるが、酒で病気を治せるわけではない。ただ医者は好んで酒を使用したようだ。

なぜ医者は「酒を得て」使ったのか？　それこそが「巫彭が初めて医を作った」ゆえんだろう。祈祷師が病を治すとき、まず神がかりの状態になって踊るが、それには音楽と歌、香りと酒が必需品だ。薬酒を製造しても最初は医者が自らに使用したかもしれないが、次第に病人に飲ませるようになった。神様の薬のようなものだっただろう。ふつうに酒を使用するようになるのは、当然それより後のことだ。

紹興酒の将来――〈周　作人〉

「西斎偶得」に、飲食と音楽は変化が最も速く、数百年たてば全く分からなくなってしまうと記されている。「東京夢華録」によると、北宋の首都開封で作られた食べ物のメニューは、杭州に移って南宋となってからはほとんどわからなかったそうだ。モンゴル族や女真族のメニューも、口に入らなくなったという。のちに、「今日天下では紹興酒、昆曲、馬弔というカードゲームの三つが盛んだ」と言われたが、これらはみな明代の中葉に起こった。紹興酒が初めて記載されたのは「讕言長語」だが、口に入れると刺すような味で、焼いた刀のようだ、この酒が出てから金華や浙江、福建の酒はみな廃れてしまったと書いてある。明代の中葉といえばだいたい十六世紀の初め頃で、今から四百五十年前だ。昆曲は京劇に圧倒されて久しく、馬弔も麻雀に取って代わられた。紹興酒はまだ健在だが、いろいろ大変だ。しかし、前述の一節を見ると、変化がなかったわけではないようだ。「諷言長語」は口に入れると刺すような味で、焼いた刀のようだと言っている。これを書いた人が飲み慣れていないのでいい加減なことを言っているのでなかったら、当初の紹興酒はそういう味だったのだろう。現在天下で紹興酒を飲んでいる多くの人に尋ねれば、「焼いた刀とは違う」という答えが返ってくるだろう。それゆえ、紹興酒は最初は辛口で刺すような味だったが、後に現代のようなまろやかな味に変化したと推定できる。が、将来どうなるかはわからない。焼いた刀のような味に変わるかもしれない。根拠はないが、あり得ないことではない。紹興酒の値段は焼酎に比べると安くはなく、飲みだすと金がかかる。失敗作なのか？　どんな味にしていくか、焼いた刀と違った味にするかどうかは、醸造に関する専門事項で、私たちの知るところではない。

〈一九五〇年一月〉

「酒を勧めること」について――〈周　作人〉

同郷の人の著作を収集していて、陳廷燦さんの「郵餘聞記」全二巻を読んだ。清の康熙乙亥年の序がある。陳さんの思想は多くが古く、ことに女性に関してはそうだ。上巻にこんな記載がある。

「婦女は香を焚くのも芝居を見るのもだめだ。親戚を訪ねたり宴会に出たりするのも宜しくない。実家に長期間滞在するのもいいことではない。三日を超えないようにするのがいい」

が、下巻に飲酒に関する一節があり、これは面白い。

「古の人が酒を設けたのは大礼という観点からで、天地と鬼神に捧げるためだった。その後、宴会などで主人と客が互いに酒を勧め合うようになったが、ねんごろに楽しむくらいでやめておくべきだ。酔っぱらってしまうのはよろしくない。客をもてなす際に食事だけで終わってしまうのは味気ないので、酒は必需品だ。だが節度が必要で、少しずつゆっくりと飲み、語り合って、主客が気持ちを通わせるようにするべきだ。大きな器でしつこく勧める必要があるだろうか？　ましてや主が強く勧め、客が言葉巧みにそれをかわすというのは知恵比べのようなもので、何の楽しみもない」

また、最近の人だが、銭振鍠さんの「課餘閑筆補」という著作に「天下で一番下品なのは数当てゲームの酒だ。こんなことを宴席でやってはならない」と記されている。二人の言っていることはもっともで、私も賛成だ。だが、銭さんの言葉は少し感情が入っており、箇に過ぎる嫌いがあるので、少し説明が必要だろう。もし本当に酒が好きなのであれば、ゲームで負けた方に罰として酒を飲ませるのは悪いことではない。数当てゲームはあまり好きではないが、細かく考えてみると、避けられないことかもしれない。また、数当てゲームの掛け声とポーズは、少し怖い。拳を鼻先に突き出すのだから、多少の恐怖は感じるだろう。数当てゲームの掛け声と罰としての飲酒は、粗暴に見えるが風雅な面もあり、許容してもいいと思う。だが、条件がある。それはゲームに勝った方に酒を飲ませることだ。酒は賞品なのだから、当然だ。ホストが酒で客をもてなす以上、酒はいいもので、みんなに多く飲んでほしいと思っている。数当てゲームで勝った方に飲ませるのは、もっともなことだ。現在は負けた方に、罰として飲ませているようだが、理にも礼にも反する。酒は客を敬うためのよき物なので、罰として使用するのは間違いだ。罰として使用するもので、客を敬うことができるだろうか。私はここで銭さんの言葉に少し変更を加えたい。「主客が行う数当てゲームの酒は、勝った方に飲ませるべきだ。数当てゲームは俗っぽいものだが、罰としての飲酒には雅な面もある」と。現在のやり方には賛同できないので、銭さんの言葉に賛成せざるを得ない。

陳さんは数当てゲームには言及しておらず、酒を勧めることに反対しているだけだ。おそらく乾杯などのことだろう。主客が酒を勧め合うのは理にかなったことだが、節度が必要で、度を越してはならない。へべれけに酔っぱらってしまうのは限度を越えており、客を敬っているのではなく困らせることになってしまう。酒が悪いのではなく、酔っぱらってしまうのが問題だと言っているのである。酒が客を敬うよきものである以上、客に多く飲んでもらいたいというのは主の好意だ。が、客に多く飲ませて酔っぱらわせつらい思いをさせては、好意が悪意になってしまう。何でもやりすぎはよくない。酒に限らず、食事でもそうだ。次のような話を聞いたことがある。清時代に役人をしていた孝行息子だが、老母の食事の時は必ずそばで世話をしていた。老母は一碗で満腹だったが、息子はお代わりをするよう老母に頼み、土下座までした。聞き入れてくれるまで立ち上がらなかったので、老母はやむなくお代わりをした。その後老母は息子の嫁に「あんたの夫にもう親孝行はやめるよう言ってくれ。私はもう耐えられない」と言ったそうだ。酒をしつこく勧める主はこれと同じようなもので、客はつらいと思っても訴えるすべがない。亡き父は酒が多く飲めたが、人にしつこく勧められるのを嫌っていた。祖母のほうの親戚にしつこく勧めるのが好きな人がいたが、父は絶対飲まず「ああいう人物が杯いっぱいに酒をついできたら、テーブルに流してしまうしかない」と言っていた。これは昔の将軍が石崇という人に対して使った方法だ。感服はするが、私は意志が弱いので実行できない。金谷園での王丞相のように、半分くらいは合わせるしかないだろう。

酒は本来いいものなのに、主がしつこく客に勧めて飲ませるのはなぜか。酒そのものはいいが、客に勧めるほどのいい酒がないということなのだろう。私は酒は強くなく、一人で飲むのが好きだ。いろいろ酒を飲んできたが、「いい酒」と思ったのは二回だけだ。一回目は私に四書を教えてくれた先生の家で飲んだ時、もう一回は私の家に客を招いた時だ。

それ以外はごく普通で、そんなにおいしい酒ではなく、変な味がすることもあった。そういう時は、酒を勧めたり罰ゲームとして飲ませたりするのも、仕方がないのかもしれない。

〈一九三七年七月十八日　北平（北京の旧称）にて〉

飲酒の才能――〈周　作人〉

大きな酒甕の中に入ったことがないのを、いつも残念に思っている。酒甕そのものはあり、入ろうと思えば入れたのだが、私にはその資格がない。入っても酒がろくに飲めないのだ。白酒を少し飲んだだけで、顔が真っ赤になってしまう。頭が痛くなるだけならまだしも、ウエーターに笑われてしまう。道理を言えばどうということはないのだが、煙草はどうでもいいが酒はよきもので、酒が弱いのは遺憾なことだという固定観念が私にはある。亡き父は酒が強く、田舎の民衆もほとんどが酒が飲めた。実際は彼らにとっては酒に強くても弱くてもどうでもよく、酒も茶も同じようなものだったのだろう。なかなかお目にかかれないものだったので、手に入れば老若男女誰でもがぶ飲みしたのだと思う。私の固定観念はこういうところから生まれたのだが、酒に対する好意であるともいえる。他人が飲むのに賛成するだけではなく、自分も急いで飲みにいきたいということだ。が、残念ながら力が及ばず、長年努力しても進歩しない。「上知と下愚とは移らず」という孔子の言葉はもっともで、酒については私は間違いなく「下愚」だ。何人かの田舎の友人がうらやましい。老酒を一キロか二キロ飲んだり、パイカルを数百グラム飲んだりしても何の問題もない。私だったら、一升瓶の黄酒を飲むのに二十日かかる。夏だったら気が抜けて酸っぱくなってしまう。一般の人の酒や煙草に対する見方と茶に対する見方は違う。茶は七つの生活必需品の中に入っているが、酒と煙草は入っていない。煙草は後から育ってきたものなので仕方がないが、酒を除外すべきではない。たきぎ米塩油みそ酢茶だとリズムが美しいが、茶を酒に替えるとリズムが悪くなると言う人もいる。たぶんそれが理由だろう。

私の飲み友達――〈周　作人〉

私は酒はあまり飲めないが、好きだ。飲むと必ず酔い、芝居に出てくる関羽のような真っ赤な顔になってしまう。かなり飲んだと思われるが、実際は全く違う。この話をすると、飲み友達に笑われる。一九二〇年の末に大病を患い、家と病院で三か月ベッドに臥せ、西山で三か月療養し、一九二一年の秋に出てきて、再び授業を始めた。食事の時に酒を少し飲み、体に養分をつけるよう医者に言われた。これは効果があって、体は病気の前より強くなった。しかし、十年二十年たっても酒は強くならなかった。ある時友人と実験をした。五芳斎の料理を取り寄せ、酒を一壺二人で飲んで酔っ払ったのだが、一人三百グラムくらいだっただろう。北伐が成功したばかりのころで、もう二十年も前だ。それ以降実験はしていないが、三百グラムが限界だというのは今も同じだろう。もちろん黄酒で、白酒だったら量を三割減らさなければならない。これだけしか飲めなかったら、飲み友達はなかなか見つからない。一緒に飲んでくれる人などいないのが当たり前だ。が、幸いにもいい飲み友達ができた。一人は瀋尹黙さんだ。瀋さんも私と同じであまり飲めず、もち米の菓子が好きで、まさに同志だ。もう一人は餅斎さんだ。餅斎さんは酒は飲めるが、あまり飲まない。食事に招待すると、いつもホストと同じように飲むのは、とても愉快だ。晩年は血圧が高くなったので、酒を断ったが、そのとき誓いを紙に書いた。「私は中華民国二十二年（一九三三年）七月二日をもって、酒を絶対にやめることを天に誓います。周百薬と馬凡将の二氏が証人です」と。馬凡将とは馬叔平さんのことで、凡将は雅号だ。百薬は当時の私の別名だ。

〈一九五〇年六月〉

小さな飲み屋――〈周　作人〉

咸亨であろうと徳興であろうと、飲み屋の設備は同じようなものだ。一間の部屋の入口の所に曲尺型のカウンターがあり、壁際に、玫瑰焼、五加皮などと書いた紙を貼り青い布の砂袋で蓋をした中型の酒瓶が置いてある。カウンターの下には酒を入れた甕が置いてあるが、客に酒を入れるとき水も混ぜられるようになっている。素早く混ぜるのが飲み屋の本領だ。カウンターの横の街路に面したところには囲いがあって、つまみが並んでいる。店の奥に特別室がある。板のテーブルと腰掛がいくつか並んでおり、十人も入れれば広い方だ。

つまみで一番普通なのは鶏の胃袋豆とウイキョウ豆だ。鶏の胃袋豆はダイズを塩で煮てから水分を切り、硬さと軟らかさが混在する中に独特の風味がある。粽のように紙で包み、一包みが一文で、三十粒ほど入っている。なぜ鶏の胃袋豆と呼ぶのかよくわからない。噛んだ時の硬軟の混じった感触が、鶏の胃袋に似ているからだろう。ウイキョウ豆はソラマメ、田舎で言うところの羅漢豆を使って作る。それらを煮てウイキョウやケイヒなどの香料を加えるだけだ。一掴みで一文だ。経験豊富な店員なら、毎回同じくらいの量の豆を掴んで皿に入れる。

ほかに炒りピーナッツや豆腐干、塩トウチなどが多いが、不思議なことに肉を使ったものがない。ピータンさえもなく、魚や鶏肉もない。本来は酒屋だったところが酒を飲ませているだけで、レストランとは異なるのだ。普通の民衆を対象としており、金持ちが来ることなど想定していない。それゆえ簡単な食品と質素な設備がちょうどいいのである。しかし五十年前だったら、立場がなくなると考えインテリは茶館には行かなかった。酒を飲むのはまだいいと考えていた。どんなに小さな飲み屋でも、そういう雰囲気は特別なものだ。

〈一九五〇年五月〉

古代の酒――〈周　作人〉

中国古代の酒はどんなものだったか、知るのは容易ではないので、ここでは述べない。別の角度から言うが、焼酎は元の時代に始まり、漢民族以外の民族から作り方が伝わったということだ。つまりそれ以前はもち米酒しかなかったのだろう。

唐詩には薬酒がよく出てくるが、黄酒を用いたものだ。私の故郷のおばあさんたちは薬酒を造るときは、ナツメ酒と同様古い酒を用いていた。だがもち米酒とか黄酒とか言っても、古人は古いものは飲まず、新しいものを飲んでいた。陶淵明は頭巾で酒を濾していたというのが、その一例だ。杜甫の詩にも「樽酒家貧しくしてただ旧醅あるのみ」とあるが、これは「緑螘新醅の酒」と対比できる。ここの「緑螘」は酒の滓のことで、晋から唐まで同じような状況だったことがわかる。唐時代にはすでにワインがあったが、あまり流行らなかった。貴重品で手に入りにくかったろうし、古人は酒をあまり飲まず、度数の高くない新しいもち米酒を少し飲むくらいでやめておいたからだろう。

古代ヨーロッパでは、ギリシャ人はワインを飲むときに水を混ぜていた。最初に酒を造った人が牧人に飲ませたところ、牧人は水を混ぜて飲むべきことがわからなかったので無茶苦茶に酔っ払い、自分に酒をくれた人を殴り殺してしまったという伝説がある。現在私の友人には白酒を三百グラム以上飲める人が多い。最近の人は酒が強くなったようだ。

酒の起源――〈周　作人〉

酒の起源に関する「麦酒」という故事が朝鮮に伝わっている。ある親孝行な息子がいたが、父親が病気になり、三人の脳を食べれば治ると医者に言われた。もちろん人命は重要だが、父の命が大切だということで、その息子は荒野で単身道行く人を待ち伏せした。最初に役人が通りかかったが、息子はこれを棒で殴り殺し脳を取り出した。次に役者と狂人が通りかかったが、同じように殺して死体を道端に埋めた。父親の病気が治った後、息子がそこに行くと、麦が生えていた。それを摘んで酒を造り飲んだところ、最初は役人のように堅苦しく振る舞い、次に役者のように踊りながらしゃべりだし、最後は気が狂ってしまった。酔っ払いに対する簡潔で深刻な風刺だといえるだろう。

仏教は戒律で酒を禁じている。「梵網戒」に「酒の器や酒を飲んでいる人に触れたら、五百世は手がなくなる。自身が酒を飲むのはとんでもない。酒を飲むと心が乱れ、国を滅ぼし、命をなくす。どんなに悪いことでもやってしまう」とある。西洋でももともとはそうだったが、中国では少なくとも近代は状況が異なるようだ。酒で道を誤った話はほとんど聞かないし、酔っ払って道路で寝ている人もいない。中国人は酒を飲んでもほろ酔い程度でやめておく。せいぜい「役者」くらいで、「狂人」の段階まではいかないようだ。

「書経」の「酒誥」篇で、酒についてねんごろに戒めており、「酒におぼれる」と物事がおかしくなると言っている。それから三千年、人民は長年の訓練を経て、「ただ酒は量なきも、乱には及ばず（どんなに酒を飲んでも決して乱れない）」レベルになった。もうアルコール中毒になることもないだろう。やや楽観的かもしれないが、みなさんが賛成してくれることを希望する。

〈一九五〇年五月〉

酒を断つ――〈老　舎〉

酒はあまり強くないが、二杯ほど飲むのは好きだ。酒を飲めば多くの友人と交われるが、それが酒の愛すべきところだ。酒が入ると、話が普段より率直になり、心が深く通い合って、莫逆の友となる。人は「飲んだ」後にのみ、生活の決まり事を投げ捨て、「矛先」や「さまざまな論理」を露呈するのかもしれない。私の顔からも俗っぽさが減少し、真っ赤になり、それらしくなる。

社会に出て仕事を始めてから二十五、六年たつが、全部で何度酔ったか覚えていない。が、つらつら考えてみるに、恥は「かなり」かいてきた。恥をかいたら、もしかしたら箔がついたかもしれないので、後悔はしていない。酒の悪いところは酔った勢いで聖人君子の恨みを買うことではない。酒を飲んでもそれだけの肝っ玉がないのはかわいそうではないか。酒の本当に悪いところは脳を傷つけることだ。

「李白一斗詩百篇」は、ある詩人の別の詩人に対するお世辞のような言葉だ。私の経験では、酒を飲むと脳がマヒして鈍くなる。酒は決して思想を増加させるものではない。酒を飲まないと詩が作れないということも聞くが、それは例外であり、正常ではない。貧血病を患っていた時は、酒を飲むたびに病が重くなった。飲んでいないときは頭が「ぼんやり」していたくらいだが、飲むと「くらくら」し始め、著作の妨げになった！　胃腸病にとっては、よりひどい害がある。去年、胃腸病を治すため、医者は私に断酒するよう厳しく言った。去年の秋から今まで、一滴も飲んでいない。

酒を飲まないと、おしになったようだ。叫ぶことも、笑うことも、しゃべることもできない！　活きていけないかもしれない！　が、飲まないといいこともある。胃腸が快適になったし、頭も「ぼんやり」するが「くらくら」はせず、毎日千字か二千字の文章を書けるようになった！　一気に百篇の詩を作ることなどできないが、途切れることなく小説が書けるのは確実だ。もうしばらく断酒を続けよう！

新年酔話――〈老舎〉

新年になったら、酒を飲んで酔わないと、英雄豪傑とは言えない。酒を飲んでも半日悶々と寝ているだけでは、無駄だ。飲んでおしゃべりをしないと、新年に飲む意味がない。酔っておしゃべりをするのは詩の言葉や社交辞令などより、はるかに価値が大きい。特に新年には。たとえば誰かを恨んでいて「このサル野郎」とののしりたいとずっと思っていたとする。しかし普段の生活では、冷静さと温和さが大切なので、目を剥いてののしることなどできない。新年になると、酒を飲まねばならない機会があるが、そういう時に「たまっていたうっぷん」を晴らさずして、いつ晴らすのか？　いったんののしれば、痛快な気持ちになり、英雄になった気分だ。それゆえその年の仕事も一層順調にいくかもしれない。「一年の計は元旦にあり」だ。元旦もしくは正月二日に自らを英雄に任じるのはいいことだ。それに反して、わずかな酒とわずかなつまみだけでうじうじしているのは、まるでメンドリと同じで、泣くに泣けず、笑うに笑えない。そんなことでは民族の英雄になれないだろう。

それに、この文明の時代では、女が男のようにふるまっている。多くの男性は家の中ではうだつが上がらない。男性の権利を取り戻し、平等を求めるには、酒だ。酔って女たちのあら探しをし、最初は冷たくあざけり、次に熱くののしる。「おまえの髪は鶏の巣のようだ。卵でもかえす気か！　俺が金を稼ぐのは簡単じゃないんだぞ。ふん！」などと。ロジックははっきりしていなくてもいいが、勢いが大切だ。言葉が止まったところで、「ふん！」と白い息を吐く。そうすれば、家中の女たちは恐れおののくだろう。もし恐れおののかなかったら、かみさんを二、三発なぐればいい。罰としてベッドの前でひざまずかせても、証人は少ない。しかし、酔ってののしりわめく大声は近所に響く。それこそ男の威厳だ。騒ぎの後、必要があれば、かみさんをつれて映画を見にいく。鶏の巣のような頭だがひよこは生まれず、普通ではない親密さを見せるのである。とにかく、女たちに目にもの見せてやらなければならない。たとえうまくいかなかったとしても、「俺は泥人形じゃない」とはっきりわからせることができる。ずっと努力を続ければ、「俺だって怒ることがある」ことを女たちは理解する。

年末に借金が残っていたら、酔っぱらうことがより必要になる。借金取りがやってきたら、酔った勢いをぶつけてやると、だいぶおとなしくなる。その後、ああ言えばこう言う。借金取りが金を返せと言えば、「楊家の四番目の息子が母を探す」という歌を歌う。無頼なやり方ではあるが、酒の力で「またの日に会って話をしよう」ということになる。まさに「ジェントルマン」の「ジェントルマン」たるゆえんだ。

酔っぱらうことの利点はこれだけではない。うまく使いたいのなら、酒は八分目にしておき、「国事を語るなかれ」という言葉を心にとどめ、言ってはいけないことは腹の中に収めておくのが秘訣だ。友人をののしったり女性を怖がらせたりするには、酒の力で想像力を存分に掻き立て、自らをロマンチックな英雄に仕立て上げなければならない。ののしって悲しくなれば、頭を振って涙を流せば、殺気も増す。

そういう時に手紙を書いてはいけない。反逆の痕跡が残ってしまうからだ。窓の紙や庭の壁に絵を描いて、芸術的に発散するのがいい。「酔墨」という題をつければ、豪放な気持ちが永遠に残るだろう。

「矛盾月刊」新年特大号に文章を書けという話が来た。小説を書く時間は、ない。詩は、うまくできない。そこでこういう文を寄せた。芸術的価値は全くないが、何かに使えるだろう。聖人君子が酒を飲むとき、何かの足しになったなら、私にとってとても光栄だ。

〈一九三四年一月　「矛盾」第二巻第五期〉

ヤマモモ焼酎――〈郁　達夫〉

半年間病臥し、部屋から一歩も出なかった。最近病が癒えて、どこかへ散歩に行きたくなった。新しい言葉で言うと、空気を転換するということだし、古い言い方だと、邪悪な気を取り除くということだ。とにかく久しくこもっていれば動きたくなるのは人の常だ。ましてや土用の暑い時だ。広々としたところに行って涼みたい。最初に考えたのは、日本の温泉地や北戴河、威海衛、青島、牯嶺などの避暑地だ。しかし衣食にも事欠くようなこの半年間の経済状況では、そういうぜいたくはできない。いろいろ考えた結果、杭州に行くことにした。交通費が安くて済むし、旧友が住んでいる。彼に会って、飲み屋の連なる繁華街で、七、八年ぶりに久闊を叙するのもいい。

そう決めた次の日の午後、西湖の近くの小さなレストランで長年会っていないこの旧友と旬のヤマモモ焼酎を飲んでいた。

屋外は赤道直下のような夏の陽光が照りつけ、ぬるい泥水をたたえた湖面に泥臭い水蒸気が立っていた。街路には車夫は少なく、道行く人も多くなかった。レストランのテーブルの間にはほこりが積もり、注文のたびに先に値段を聞く私たち二人しか客はいなかった。

もう七、八年会っていない。話せば長くなるが、私が東京大学で勉強していた時の予科のクラスメートだ。卒業後は別の道を歩み、行き来もなく、互いの住所も知らず、七、八年離れていた。最近になって、ある「不良少年」が私の名前を勝手に使い、次のような手紙をいろいろなところに出して募金をした。「郁達夫さんは上海で病に倒れ、ある慈善団体の運営する××病院に入院しています。郁さんの知り合いであろうとなかろうと、各地の思いやりのある方々に、生死の危機を救うべく、若干のお恵みをお願いいたします」。その旧友は、どこからかその知らせを聞き、一か月前にいくらかの金を上海の××病院に送金した。その病院に私の知り合いの医者がいたので、そのお金と私への手紙を二週間前に渡してくれた。その手紙を見て、私の署名が入った未完の原稿の発表を知り、いろいろと尋ねた挙句、その「不良少年」の行いを知ったのである。滑稽なる悲劇であったが、結果として二人の旧友の再会につながった。

彼は肩のところに継ぎの当たった夏物のシャツを着ていたが、レストランに入るとそれを洋服掛けにぶら下げた。それゆえ彼と私は肌着と短パンだけという野蛮な格好だった。当然彼の肌着は私のより黒く、背中のところに穴が二つあった。私のは上海で買ったばかりの国産製品だ。

彼の容貌は、七、八年前と全く変わっていないだけではなく、東京で大学予科に入った年と、同じありさまだった。ほおひげも十数年前と同じで、剃ったばかりなのか数ミリの長さにそろっていた。彼のあごは黒い漆の小さな木魚を逆さにしたようだ。不思議なことだが、彼と共に学んだ四年か五年の間、そして会っていない七年か八年の間、彼のほおひげはずっと同じ長さだったようだ。まるで生まれた時から生え、死ぬまでずっとそのまま、という感じだ。泣きはらしたような眼も学生時代と同じで、ぼんやりと鼻先を見つめ、淡くて奇妙な笑みを帯びている。こめかみも相変わらず広く、ほお骨も出っ張っており、深く落ち込んだ頬は、まるで小さな杯のようだ。年も学生時代と同じに見える。二十五歳から五十二歳まで、どの年齢にも見られるということだ。

駅を出て、あまり離れていない夏季専門の英語と数学の補習学校――古い建物に二間の教室があった――に彼を訪ねると、ちょうど授業をしていた。黒いペンキ塗りの丈の低い教室の中に、あまり賢そうではない十四、五歳の子供が八人か九人座り、ぼんやりと黒板を見ていた。教師である彼は、背中を向け、時々震える手を伸ばして、黒板に数学の公式と問題を書いている。教室の中は物音ひとつせず、彼がチョークを走らせる音だけだ。それゆえ彼の丸い背中と汗でぬれた夏物のシャツが私の注意をひいた。私が階下で家主に彼の名を言ったとき、彼は聞こえていたはずだし、こんなに静かな授業だったら、私が階段を一歩一歩上がる音も聞こえなかったはずはない。階上に上がった私を生徒たちが一斉に見たことが、その証明だ。が、まるで神経がマヒでもしているかのように、彼は全く動かず、公式を書き続けた。黒板いっぱいに公式と問題を書き終えると、ミスがないかどうか確認し、黒板に向かって空咳を二つか三つしてチョークを置き、粉を落としてゆっくり体の向きを変えた。額も口も大粒の汗がいっぱいで、赤くはれた目は汗で見えなかったのか、私のほうを向いても何事もなかったかのように、生徒たちに数学の授業は終わりで次は別の教室で英語の授業を聞くよう告げた。生徒たちが先を争うように隣の丈の低い教室になだれ込むと、私はゆっくり立ち上がって彼に近づき、汗でぬれた彼の肩を手で軽くたたいた。

「おや、いつ来たんだい？」

とうとう彼も驚いた表情でいつも鼻先を見つめているぼんやりした眼を挙げた。左手で私の手を握り、右手でポケットから黒くて湿ったハンカチを取り出して汗をぬぐった。

「授業に力が入りすぎて、君が来たのがわからなかった。すごい天気だね。病気はよくなったの？」

彼は脈絡のないことを続けて尋ねた。興奮した時の彼の癖で、学生時代と同じだ。私は彼の問いに答えてから、授業はもうないのかどうか聞いた。彼は「甲クラスの学生はもう卒業して、さっきの乙クラスだけが残っている。僕の数学の授業はもう終わりだ。次の英語の授業は校長先生がやるんだ」と答えた。

「それなら一緒に湖の浜辺を散歩しよう。どうだい？」

「よし、すぐ行こう」

そういう経過で私たちは湖の浜辺に来て、この四流か五流の小さなレストランに入ったのである。

レストランに座ると、安くておいしい軽食をいくつか注文した。ヤマモモ焼酎を何口か飲んでから、別れてからのことを細かく語り始めた。

「最近の生活はどうだい？」

最初に、彼は私の職業を尋ねた。

「職業はなくてとても貧乏だが、衣食はぎりぎり何とかなっている。君は？」

「僕？　さっき君が見たとおりで、まあまあだ。夏の一か月ここで教えると、十六入ってくる」

「夏の学校が終わったらどうするんだ？」

「同じ場所でやっている小学校で教えるんだ。僕と校長しか教師がいないからね。君は本を書いているって聞いたけど、まあまあ入ってくるんだろ」

「そんなに大したことはないよ」

「君が上海の病院に入院したというのは、誰かが嘘をついていたみたいだが、どうして君の名前を使ったんだろうね？」

「教育に毒されたんだろう。僕や君と同じで、知識は少しあるが正しく使う場所がない」

「うん、うん。知識の正しい使い道については、僕も考えている。僕の応用化学の知識は、帰国してからはずっと使っていなかった。でも今度はうまくいきそうだ」

ここまで話すと、彼は顔の向きを変えた。私のほうは見ず、外の陽光を見た。

「うん、今度はうまくいきそうだ」

私のことを忘れてしまったかのように、一人でつぶやいた。

「当初の機械が二千、工場建築が千五百、千で石英などの材料と石炭を買って、千で人員募集の広告を出す。合計五千五百。五千五百の資本だ。一日に製品を百作ると、一か月で三千、一年で三万六千。一年たったら、まあまあだ……」

計算に力が入っているのは分かったが、何のことかわからなかったので「何を計算しているんだい？　明朝の演算かい？」と尋ねると、彼は言った。

「違う、違う。ガラス工場の話だよ。一年後には元手が取れ、共同住宅も建てられる。いい話だろう。共同住宅ができたら、君が住んで本を書いてもいいんだ。ついでに広告でも書いてくれよ。乾杯、乾杯、焼酎を乾杯だ」

わけがわからなかったが、彼がコップを持ち上げたので、私もそうした。入っていたヤマモモの方は食べ、残った焼酎も飲み干した。彼も焼酎を飲み干し、口と目を閉じて、一分ほど陶然としていた。その後赤くはれた目を見開き、大声で厨房に「ウエイターさん、あと二杯！」と言った。

二杯の新しいヤマモモ焼酎がやってくると、彼は目を閉じ、板壁にもたれ、片方の手でハンカチで顔の汗をぬぐいながら、もう片方の手でヤマモモを一個ずつ口に入れた。それを噛みながら、「住宅、湖の浜辺に新式の住宅、ガラスは工場のガラスを使う。ステンドグラスも要る。一万、一万だ」とつぶやいた。

つぶやきながら、ひとしきりヤマモモを食べると、彼は突然コップを持ち上げ、目を見開いて「同級生、もう一回乾杯だ！」と私に言った。

私は仕方なくコップを持ち上げ彼と乾杯して半分ほど飲み干した。が、彼のコップのヤマモモ焼酎を見ると、ヤマモモも焼酎もすでになくなっていた。彼は目を閉じて後ろの板壁にもたれ、「ウエイターさん、あと二杯頼む！」と叫んだ。

ウエイターはヤマモモをいっぱい盛った焼酎を持ってきて、私たちの前に置いた。彼はさっきと同じように目を閉じて板壁にもたれ、ヤマモモを一個ずつ口に入れた。この時私はすでに酔いが回っていたので、何にも構わず、黙ってテーブルの上に腕を組みそこに頭をのせてうつらうつらした。彼がミツバチみたいにうなりながら「痛快だ！　痛快だ！　一万だ！　湖の浜辺の住宅だ！　昔の同級生が遠くから来てくれた。飲もう、飲もう」と言うのが聞こえてきた。

彼の声で、私は眠れなかった。しかし、暑い日にヤマモモ焼酎を二杯飲んだのと汽車で半日旅行したのとで疲れ切っていた私は、すぐに旅館で眠りたかった。まさにその時彼は目を見開き三杯目の乾杯をしようといった。私も目を覚まして彼と乾杯した。あるかなきかの甘みの焼酎を腹に入れると、私はもう我慢できなくなって、ウエイターを呼び料金を払った。ウエイターがやってきて私が料金を払うのを見ると、彼は突然狂ったように立ち上がり、片手で紙幣を握った私の右手をつかみ、もう片方の手で自分の腰に下げた革袋の中をまさぐり始めた。ウエイターが私の紙幣を持っていき、つり銭のコインをテーブルに置くと、彼の顔は青ざめ、赤くはれた目を吊り上げて、テーブルのコインをつかんで私の顔に投げつけた。「ぽとん」という音がして右のこめかみに冷たい刺激を感じ、続けて痛みも感じた。この時私もアルコールに刺激され、彼を見つめながら、大声で「おい、狂ったのか？　何をするんだ！」と叫んだ。

もともと変わった形の彼の顔は真っ青になり、殺気をみなぎらせている。

「君みたいに労働をせずに食べている資本家をやっつけるんだ。来い！　勝負だ。自分で金を払ったっていうことは、金があることを見せびらかしているんだな」

彼は眉を逆立て、歯をがっちり噛み締め、握りこぶしを二つ作って私に向かってくる。私も非常に腹が立ったので、がむしゃらに取っ組み合いを始めた。

皿もコップも次々と地上に落ち、私と彼は店の外に転がり出た。二人がどういう取っ組み合いをしたのか、はっきり覚えていない。ただ周囲で多くの暇人や車夫ががやがや言っているのは耳に入った。

目が覚めると、水が飲みたくなった。警察署の牢の中で傷だらけの体を起こすと、短い夏の夜はすでに明るくなり始めていた。午前三時か四時だろう。

両目を開け、周囲を見回し、牢の外にいた当番の警官に話を聞いて、おぼろげに昼間のことを思い出した。友人のことを尋ねると、とっくに酔いを醒まし、二時間前に学校に戻ったという。すぐに私を放すよう上司に頼んでくれと言うと、その警官は席を外し、私の服と帽子、財布を持ってきた。服を着て、水を一杯飲ませてくれるよう頼み、紙幣を一枚彼に握らせた。帽子を持って警察署の門を出る頃には、空は完全に明るくなっていた。暁の風に吹かれると、頭がはっきりし、昨日の午後のことをすべて思い出した。電気に触れたように淡い憂鬱が心に走った。

「ああ、これが人生なんだな！」

ゆっくり前に向かって歩きながら、思わずこんな言葉が口から出た。〈一九三〇年八月〉

飲　酒――〈金　受申〉

中国の酒の種類は多いが、酒税に基づいて分けると、紹酒、焼酎、洋酒の三つだ。実際は焼酎、黄酒、露酒及び江米白酒の四種に分けられる。露酒は特殊で、江米白酒は近年没落したが、焼酎と黄酒はまだ盛んだ。北方の黄酒の大部分は甘いものと苦いものの二種類ある。たとえば陝西の黄酒は「甜南酒」と「苦南酒」、北京の黄酒は「甘炸」と「苦清」の二つがあり、山東や山西の黄酒にも甘いものと苦いものがある。紹興黄酒にはこういう区別はない。

北京でよく飲まれるのは第一に「パイカル」という焼酎だ。南方では「高粱焼」、「蚌埠焼」、「牛庄焼」などと呼ばれ、さまざまな階層の人に愛されている。第二は紹興黄酒で、多くの種類があるが、中上流階級の間で流通し、ふだん飲む人は少ない。第三は山東山西の黄酒で、同郷の人を歓待するときにのみ使う。第四は白酒で、薬酒を造る際に使用する。

◇「大酒甕」

「大酒甕」は北京情緒たっぷりだ。「大酒甕」を経営するのは大部分が山西の人で、パイカルの小売りを主な業務にしている。酒を貯蔵するのに甕を使うのだが、大甕と二甕の二種類ある。甕の上に朱色の蓋を置き、それをテーブルとして使うのである。華やかな明かりがともり、北風が吹きすさぶと、善良な人々が甕のそばに集まって飲むのだが、十年の夢にも値する。北京っ子たちは、「大酒甕」で酒を飲むなら甕のそばで飲むに限ると考えている。「大酒甕」で出す酒はきちんとした「官酒」で、変な混ぜ物は入っていない。「大酒甕」が人をひきつけるのは、小皿のつまみとその場で売っている食品があるからだ。下層階級の人に愛されているだけではなく、詩意に富むとして文人墨客にも好まれている。「大酒甕」のつまみには「自家製」と「注文」の二つがあり、「自家製」は「常備」と「臨時」の二種に分かれる。たとえばピーナッツ、豆腐干、白菜、トウチ豆腐などがいつでも備わっている「常備」で、氷キュウリ、氷キュウケイカンラン、春雨のあえもの、ホウレンソウのあえもの、蒸しカニなどは「臨時」だ。羊の焼き肉を出す「大酒甕」もある。酒を飲んだ後、羊の焼き肉にネギを添えて食べるのはなかなかいい。魚の煮込みを出すところもある。終日火にかけたもので、スープと一緒に食べる。暖かさと寒さの入り混じる日暮れ時、冷たいつまみで飲んだ後、温かいスープと一緒に魚を食べるのは、食欲を増すだけでなく、酔いを醒ます効果もある。寂寞たる黄昏時、一人でよろよろ「大酒甕」に入る。小皿のつまみがテーブルいっぱいに並び、さまざまな香りが入り混じる中、パイカルを腹に入れる。ほろ酔いでいい気分になるが金はあまりかからない。まさに貧乏人のよきストレス解消法だ。

「大酒甕」には「自家製」のつまみのほかに、「注文」のつまみもある。「注文」といっても外のレストランに注文するのではない。「大酒甕」の門の外には多くの屋台が「寄生」し、「大酒甕」にない様々なつまみを売っているのである。

他に「大酒甕」では「清水餃子」も作る。餡は季節に応じて変わり、一角で二十個買える。「餃子で酒を飲めばいくらでも腹に入る」というが、油が少なくて渋くないのがいいところで、「大酒甕」を象徴する料理だ。「焼ワンタン」というのもある。おいしいスープはないが、「貧乏人の美食」だ。山西の人がやっている「大酒甕」なら、山西の名物料理「刀削麺」と「抜魚児」を出している。

「大酒甕」は平民化された食品で繁栄を維持している。が、「大酒甕」の大部分が街路に面し、飲み客を看板のようにしているのは、優雅ではない。東四牌楼の「恒和慶」と東安門丁字街の「義聚成」だけが内側に席を設置し、きちんとした人たちに評価されているようだ。

北京の上等のパイカルといえば、「都一処」の「蒸酒」が一番で、「東西来順」と「両益軒」の「伏酒」がその次だ。北京でパイカルを産するところは四路に分かれる。南路の採育鎮と長辛店、北路の麗水橋、東路の西集と燕郊、西路の黒竜潭などだ。

◇黄酒館

黄酒館は、現在の南方の酒を扱う店のことだ。だが、南方の酒だけではなく、山東黄酒や山西黄酒を扱う店のことも黄酒館と呼ぶ。以前北京の黄酒館では碗で酒を飲ませていた。「大酒甕」のように様々な客が集まるわけではない。大きな馬車に乗ってやってくる立派な身なりの客が大部分だ。ことに勲章をもらったような老人が、数人の飲み友達と集まり、浮世離れしたような話をしている。自分で持ってきたアンズを店員にいくつかに切り分けてもらい、それに砕いた氷を加え、黄酒を飲む。飲みながら話を続け、一日を過ごすのである。日が暮れて茶館に講談を聞きに行ったり、家に帰って食事をしたりするまでずっといる。これでは黄酒館は儲からない。それゆえ清時代の末に、黄酒館は次々と閉鎖し、南方の酒を扱う店に変わり、碗で酒を飲ませることはなくなった。

南方の酒を扱う店はもともと紹興黄酒を扱っていたが、のちにパイカルや薬酒、露酒も扱うようになった。紹興酒は花雕と女貞陳紹の二種に分けられる。花雕の壺には赤黒い色で「吉慶有余」、「富貴平安」などの文字が書いてある。女貞陳紹については、紹興の人は娘が生まれると酒を造って地下に埋め、娘が嫁に行くときにはなむけとして渡すと言われているが、実際は酒屋が造るそうだ。周作人さんの考証によれば、紹興本地では花雕という名は使わないという。北京の紹興酒は年代で値打ちが決まるが、最も古いもので六十年くらいだ。

北京の黄酒は、味は悪くない。甘みのあるものは苦みのあるものほど深い味ではないが、山東黄酒よりはるかにおいしい。北京で黄酒を醸造しているのは、護国寺西口の外にある「柳泉居」が最も有名で、悠久の歴史を持つ。その後「柳泉居」の経営者が崇文門外に「仙路居」を開設した。経営者もオーナーも山東の人だが、北京黄酒を醸造している。北京黄酒の高級なものは「玉の泉のようなよき酒」と形容され、五百グラムが一角七分だ。

◇**露酒庄**

露酒とは各種の薬材や花、果実を用いて造る酒のことで、「混合酒」と呼ぶ習慣がある。《蓮花白》白いハスの花を醸造したもので、海淀で産する。柳浪庄（六郎庄）の白ハスを用いて造ったものは、味は甘いが、露酒の中では一番の品だ。海淀の酒屋はみな「蓮花白専門」という看板を出しているが、北頭路で看板を出さぬ「仁和酒店」で売っているのだけが本物の蓮花白だ。本物の蓮花白を飲むと、そんなに酔っていない間は蓮の花の清らかな香りを感じることができる。

《黄連液》漢方薬のオウレンを用いて造ったもので、味は苦くのぼせを消す。通州の「八里橋」の造るものが最もいい。

《カリン酒》大柵欄の「同豊」の造るものが最もいい。

《四消酒》漢方薬の四消丸を用いて醸造したもので、四消丸と同じく、飲めば気持ちが静まる。徳勝門の果物市場の「北義興」が発明したが、その後は鼓楼前の「四合義」だけが代理販売している。

《茵陳酒》体内の余分な水分を排出する効能がある。白茵陳は三義酒店の醸造したものがよく、緑茵陳は鶴年堂、永仁堂のものがいい品だ。

他に五加皮酒、紅白玫瑰酒、史国公酒、状元紅酒、陳皮酒、仏手露酒などが造られているが、甲乙つけがたい。虎骨酒、蛇皮酒に至っては、酒という名前ではあるが、実際は薬で、病を治すときにのみ使い、ただの憂さ晴らしに使うものではない。

中国の酒の種類はとても多く、北京にも上述したもの以外の酒がある。ワインやビール、ブランデーも造っているし、マオタイ酒、大曲酒など他の土地から来たものもある。

酒を飲む――〈金　受申〉

夏に酒を飲むのは、趣き豊かなことだ。紀元前三世紀か四世紀の中国人が、夏に氷で冷やした酒を飲んでいたかどうか、麦で造った酒（ビール）を飲んでいたかどうかはわからない。四十年前の北京っ子は、夏に黄酒館に行き、紹興黄酒を飲むのが好きだった。山東黄酒は商売をする人が飲み、山西黄酒は誰も飲まなかった。夏にパイカルを飲むと胸やけがひどくなる。夏は近代的なビールが一番いい。ドイツのビールは簡単に手に入らないが、日本の「太陽」ビールや中国の「五星」ビールもなかなかいい味だ。が、北京のものではない。

北京っ子は、夏に「四消酒」と「蓮花白酒」を飲むのを好む。「四消」は本来薬酒だが、暑気を消すのに一番いい。北京でこの酒を造るのが上手なところは徳勝門内の「北京興酒店」と鼓楼前の「四合義酒店」で、夏の売り上げが最も多い。「蓮花白」はどの酒屋にもあるようだが、白酒に砂糖を加えた偽物だ。北京西郊の海淀のものが最もよく、その中でも北頭路東の「仁和酒店」のものこそ本物だ。本当に白いハスの花を用いて醸造している。「蓮花白」を飲むなら、冷たいものをゆっくり飲むのがいい。酒が唇に触れるたびに、ハスの香りがあふれる。熱いものだとハスの香りがしないし、はやく飲むとハスの香りを味わえるのは最初の一口だけになってしまう。蓮花白を飲むときの注意事項だ。

宴の楽しみ――〈鄭　振鐸〉

冬だが、そんなに寒くない。雨がしとしと降り続き、空は灰色の雲に覆われている。ストーブの火は消した。こんな秋みたいな天気の時に、ストーブの火をつけておくと暖かくなりすぎる。家には誰もいない。みんな「つきあい」に行った。こうして一人で部屋に座っていても、本を読む気にならない。朝刊をめくり、広告を見ていると、突然「メリー・ウイドウ」を見にいきたくなった。そこで一人で電車に乗り、派克路で降りた。

漆黒の映画館の中、ブラスバンドが悠揚たる音楽を演奏している。白いスクリーンに映った黒い影は座ったり、立ったり、泣いたり、笑ったり、怒ったり、恋したり、失望したり、決闘したりで、物語を演じている。

が、その中で、「何度、腹を空かせながら夕食の席から去っただろう」という言葉が心に残った。きわめて意味深長な名句で、私たちの宴会や空虚な交際社会を的確に形容している。

商人や役人、交際範囲の広い人たちはみな、毎日のように夕方をレストランや飲み屋で過ごしている。一日に三つか四つの宴会に行くこともある。こういう忙しい交際をしている人たちはまるで売春婦のようだ。こっちに少しの間座っていたかと思うと別の場所に行き、そこに座っていたかと思うと再び違う場所に行く。彼らが満腹することはないだろう。こういう交際をしている人たちは、宴がすみ、つきあいが終わったら、家に帰ってかゆを作ってもらい、それを食べて空腹をいやすのである。

広大で繁栄した上海に行くと、私たちはまさに垢抜けしない「田舎者」だ。田舎に住んでいる人が「上海」に行くのは容易なことではない。田舎の生活をしていると、「つきあい」の中で夕方を過ごすのは一か月に数回がせいぜいだ。「世俗に流されない」という高雅な言葉を使われることもあるかもしれない。が、実際はそうではない。酒や料理の場を頻繁に行き来することに慣れず、「世間知らず」という「田舎者」のカラーを保っているだけだ。

友人が何度か宴会に招いてくれたことがある。知っている人は三人か四人で、半分は知らない人だったので、ホストが紹介してくれたり自分で名前を聞いたりして名刺を渡し、それなりの初対面のやり取りの言葉を訥々と話した後は、黙って相対した。落ち着いたことは話せず、うわべだけの言葉がのどから出ただけだ。後になって自分のお茶を濁したような対話を思い出し、失笑を禁じ得なかった。こうやってはなやかな宴席で夕方を過ごしたのだが、実に味気なかった。

ホスト以外は、知らない人ばかりだったこともある。名前を聞いてもすぐ忘れ、ホスト以外の人とは話すすべもなかった。どんな仕事をしているどういう人なのかわからなかったので、言いたいことがあっても敢えてしゃべらなかったのである。こういう宴会はまさに針のむしろで、立派な料理を持ってきてくれても、味もわからない。とうとうこらえ切れずに、体の具合が悪いとかこの後つきあいがあるとかホストにうそをつく。ホストは慣例通りねんごろに引き留めるが、私はすべてを顧みずに去る。そういう夕方は実につらい！　家に帰るとかゆをすするのだが、干し大根一皿だけがおかずでも、気持ちよくおいしく食べられる。

友人に祝い事があってどこかのホテルのホールで派手な宴会をやるとする。不幸にも招待され、そしてそれが非常に親しい友人であったら、行かざるを得ないし、祝いの言葉を述べてさようならというわけにはいかない。これも恐ろしい夕方だ。目を開いて知っている人を探し、見つかったらずっと一緒にいなければならず、一人で帰るわけにはいかない。席に着くと少なくとも二人か三人の人と話をするわけで、知らない人の中で気づまりな思いをすることはない。二人か三人で楽しく話しているときに、たまたま向かいの席の客の姿が目に入った。彼は一人で寂しげに座っている。みんなが盃を挙げると、彼も挙げる。料理が運ばれてきて、だれかが「どうぞ、どうぞ」と言いながら箸を差し出す。彼も「どうぞ、どうぞ」と言いながら箸を差し出す。料理を食べ終わると、彼はぎこちなく一人で座っている。彼のことをかわいそうだと思ったが、宴会が終わるまで席を立てないのである。

宴会の楽しみがこれだけだったなら、最初に宴会を発明した人を呪う。酒の楽しみがこれだけだったなら、杜康（中国の酒の神）とディオニソス（ギリシャ神話の酒の神）を打ち倒す。

しかし楽しい宴会もある。酒の楽しみを味わえるケースもあるのである。

独酌は、とても面白いようだ。子供の頃、祖父がいつも一人で錫のとっくりから黄色い酒を白磁の小さな盃に注ぎ、独酌していた。一口飲むと盃を置き、箸で料理をつまんだ。それゆえ祖父は食べるのがとても遅く、みんなが飯茶碗を置いて席を立っても、盃を挙げ、あわてず騒がず飲んでいた。いつも一時間半くらいかかった。飲んでいると顔が赤くなり、いつも子供たちに「こっちに来なさい」と言った。私たちが目の前に行くと、料理を箸でつまんで私たちの口の中に入れ、「おいしいかい？」と尋ねた。私たちはうなずいて答えた。何人かの孫の中で私を一番かわいがってくれ、私を呼ぶのが特に多かった。短いひげの生えた口を私の頬に押し当てたので少し痛かったし、酒臭い息が少しつらかった。

そうやって、祖父は昼と夕方を過ごした。毎日だった。そういう楽しみを私は味わったことはない。しかし思い返してみると、祖父はとても喜んでいたようだ。陶酔し、快楽という霧に包まれ、重苦しい憂鬱はどこかへ飛んでいってしまったのだろう。それこそが彼の全世界であり、全世界が彼のものだった。

宴会のほかの楽しみを、私たちはここ数年味わうようになった。語らぬことのない友人たちが数人集まるのだ。知らぬ顔は一つもなく、存分に酒を飲み、料理を食べ、心ゆくまで話す。軽妙な話もあれば、おかしな話もある。興奮する話もあれば、深刻な話もある。学問や芸術について語ることもあれば、とりとめのない冗談もある。顔を真っ赤にしての議論もあれば、高邁な理想について語ることもある。恋愛や家庭についてしゃべり続けることもある。みんな胸の内を赤裸々にさらし、誰にも見せなかった一面をあらわにする。

みんな話し、話し、より興奮して話しても、疲れたそぶりを見せない。酒も料理も終わっても、みんな話し続ける。騒がしくて狭苦しく、ふだんは行きたがらないところであったとしても、そんなことは忘れて、話し続ける。「お開き」という言葉は誰も言いたがらない。よほどのことでもない限り、誰も去らない。こういうおしゃべりはみな些細なことなのだが、まさに宴の楽しみだ。

そして、実はそういうおしゃべりの中に多くの宝がある。みんな互いに影響しあって理解を深め、そこから何らかの教えを得るのである。

「もう一杯どうだい、一杯だけだよ」

「もう無理だよ、本当に」

酒の飲めぬ人はこういうふうに迫られて、飲みすぎることがよくある。真っ赤な顔が明かりに映え、今までになかったほど美しい。

「聖陶さん、一杯飲み干してよ」。私が盃を挙げて、話す。私は一口で飲み干すのが好きなのだ。

「もっとゆっくりしてくれ。酒はちょぼちょぼ飲むのが楽しいんだよ」

聖陶はあらがうように言うが、結局一口で飲み干す。

酒の飲めぬ愈之や雁氷でさえ、私たちに迫られて一口で飲み干すこともある。そうすると、みんな心からどっと笑う。

さらに新年を祝う宴もある。一家全員が同じテーブルに座り、十数膳の赤い漆塗りの箸が並ぶ。家にいない人の前にも箸を置き、席を作る。子供たちは楽しそうに騒ぎ、母と祖母はにこやかだ。厨房やホールで使用人が料理を作ったり運んだりするのを指揮するので、妻は忙しい。和気あいあいとした楽しみがあり、孤独な人にとってはとてもうらやましい。友人たちと共に過ごす宴とは異なった趣だ。

その他に、恋人同士がレストランのボックス席でとる夕食。妻とともに劇場から出てきて、飲み屋で一杯か二杯飲む酒。祖母か母を伴って燃え盛るストーブの火の傍らに座り、数皿のつまみとともに夜に飲む酒。これらはみな人の心を酔わせ、気持ちを楽しくさせる。

宴の楽しみは本当に様々だ！

ほろ酔いの後――〈石　評梅〉

何度か軽やかに浮かんできた思いは、透き通るようにきらきらした涙にぬれている。みな冷たくてきれいな物語だ、物寂しい悲劇だ。しかし、不幸にも私は心の海に沈んでしまっていて、雪のような波とカモメの痕跡を見ることはない。心に立つ波の間に埋もれてしまっているのを残念に思うのは、友人たちだけではない。私自身、なくしたものを探すために永遠にさまよい続ける。過ぎていった雲の影は、彗星のように壮麗だ。

私を許して！　運命の神様！　波に浮かぶ過ぎ去った幻と夢を捕まえたい。この悲しいつぶやきをわかってほしいという高望みはしない。でも私を憐れんでくれる母なら、同情の涙を何粒か流してくれるだろう。友人の皆さん、これは私の砕けた心のつぶやきなの。もし私のことを気にかけてくれるなら、あなた方に贈るわ。

ライラックの花が咲く頃、私は遠いところから帰ってきた。春の雨が降った後のたそがれ、晶清さんに会いにいった。ドアを開けると、彼女はエメラルド色のシルクの薄い布団に頭を入れて眠っていた。きっと病気なんだわ。起こすに忍びず、そっとベッドの前に立って、枕もとの青い本をめくると、中からメモが落ちてきた。こう書いてあった。

「波微さんはもう行った。どこに行ったか知っているから安心だ。でも砕けた錦のように華やかな春の絵の中で、死んだ天辛さんのためではなく、自身の悲しい運命のために涙を流しているのではないかしら！」

「彼女を思うと胸がドキドキする。紗のカーテンの窓の外でさえずる小鳥はみな不幸な知らせを告げているのではないかしら。そして私は病気になり、夢の中で何度か彼女を見た。悲しい心の海の中で雪のような銀色の波を踏み、軽やかに踊りながら白い雲の紗をはおっていた。暴風と巨大な波が押し寄せ、彼女を飲み込んだ。白い雲の紗だけが海に浮かんでいたけど、すぐにどこかへ流れていった」

「私がぼんやりしていると、人は笑う。でも彼女は、一般の聡明な人ほど理知的ではない。以前は瞬きもせぬ間に人を殺せるほどの英雄だったけど、天辛さんの水のように柔らかな気持ちに触れ、愁い多き人に変わった。ここ数日の雨と風で彼女を思い出した。でも杳として消息がつかめない……」

読み終わると寂しさで気持ちがふさがった。心が揺れ動き、私は涙を流した！　罪悪でないわけがない。人生という大海の中の小さな泡沫。誰かを憐れんでも、誰かを誇っても、何にもならない。天辛さんは死んだけど、来るべきものが早めに来て、涙が多めに流れただけ。どうして世の中には縄がいっぱいあって、お互いを結びつけているのだろう！

彼女はもう目覚めていた。目を半開きにし、朝の光の中で夢かうつつかを見極めているかのように、私を見つめた。何も言わなかったので、私は顔を上げ、彼女の手を握り「晶清さん、ただいま。どうして病気になったの？」と言った。

彼女は目に涙をためていた。私は見るに忍びず、顔の向きを変え、窓の外に細長く垂れ下がる柳の枝を照らす陽光を眺めつつ思いにふけった。その後彼女が起き上がるのを手助けし、一緒に洗面室に行って髪をくしですき、一緒にお酒を飲みたいと言った。渡り廊下まで歩いていくと、三年前の月夜にさまよったぶどう棚が柳の枝の中に見えた。かぐわしい笙のしらべと雲妹さんの美しい影が心に浮かんできた。天辛さんがヨーロッパから帰ってきて初めて私に会った時の光景だ。当時の私は緑の草の上にはねる白兎で、天真爛漫な顔に幸福の微笑があふれていた！　三年後、私はここをさまよっている。濃い緑と花の香りの中で、廃墟にいるような悲しみを感じた！　神様！　この時私は確実に自分を認識した。

韻妹さんが勉強が終わってやってきた。彼女は私を寝室まで連れ戻した。くしで髪をすき終わった晶清さんは窓の前で着替えながら、「波微さん！　お酒を飲みに行きたいんでしょう？　ちょうどさっき萍さんから電話があって、宴を準備したって言ってたわ。行きましょう！　『酒に対してまさに歌うべし、人生いくばくぞ』よ。ライラックも咲いているし、行きましょう！」と言った。

窓の外を風が吹き荒れていた。戦場で戦っている軍隊のように勇壮だ。あるいは、嵐の中で助けを求める海辺の孤舟のように物悲しい。が、何物にも構わず、私は盃を高く挙げた。そこには真っ赤な美酒がなみなみと注がれていた。彼女は今、赤い衣をまとった美女のように、私を誘惑している。永遠に陶酔していたい。酔いから醒めたくない。すべての煩いをこの小さな盃に装い、甘い美酒とともに傷ついた心の中に流し込みたい。

天辛さんとともに何度も楽しく飲んだことを思い出した。

晶清さんは袖をまくり、立って私にお酒を注いだ。萍さんは確かに聡明だ。晶清さんを眺めて、私にあまり注がないよう目くばせしていた。でも遅かった。ご飯も食べていないのに私はソファーに倒れてしまった。

激しく泣いたわけではなく、一時間ほど意識を失っていた。目が醒めると晶清さんが文え起こしてくれたが、こらえきれずに彼女の腕の中で泣いた。部屋に悲しみがあふれ、萍さんと瓊さんがつらそうにテーブルのそばに立ち、私を眺めていた。意識を失ったのは、天辛さんが死んでから、これで六度目だ。以前と同じように私は夢から醒めた。

輝く明かりの下、みんなの顔は夕焼けのように赤かったが、目には涙があふれていた。盃には半分ほどお酒が残り、テーブルにはお皿や盃が散らかっていた。宴の後の収穫だろうか。

私に何を言ったらいいか、みんなわからなかったみたいだ。私はかすかに目を開き、萍さんに「許してね、ほろ酔いの後だから」と言った。

酔った後――〈盧　隠〉

一番悩ましいのはお酒の飲み比べ、愁いを流そうと思っても、どんどんたまってくる！かえり見れば血涙相和して流る。

私は世界で一番かよわい女。かつては無理をして「涙の泉は涸れ果てた。もう絶対涙を流さない」と言って、「英雄」と呼ばれていた。そうやって強がっていた時は、まさに意気軒高だった……。

二度目の北京だ。黄褐色の砂ぼこりの下、琥珀色の壁と瑠璃瓦が続く。やせ細ったラバや馬が、石炭を積んだ重そうな車を引き、でこぼこの土の道を一歩一歩進む。知り合いだったかもしれない人たちが、人力車で、あっという間に過ぎ去っていく……。何も変わっていない。でも疲れ切って再びやってきた燕の魂は波立ち、寂しくて悲しい。

順城のあたりで、三匹か四匹の背の低いロバを見た。首にぶら下がった金色の鈴が、傲然と私を冷笑した。転戦を続けてきた敗軍、昔の楽しさを覚えているのか、と。

おだやかで美しい春だった。学校が三日間休みになったので、私と涵さん、塩さん、琪さんの四人は、夜明けの霧の中、順城にやってきた。ロバを雇ってまたがり、西山へ散策に行った。霧の中、垂れ下がった柳の枝が頭をなで、小鳥がさえずり、朝日は酔わせるほどの美しさだった。青春を謳歌する主人を乗せ、ロバは夢のような道を進んだ。とても楽しかった……。今となっては思い出すのもつらい！　疲れた燕は再びやってきたが、体中に漂泊の悲哀をまとっている。ロバさん、そんなに見つめないで！

魂が砕けてしまうのを無理に抑えた。かつて遊んだ場所、暗澹たる白壁、昔と同じだが、さんざん苦しみを経てきた私のまだ治っていない古傷は、いばらのとげで刺されたようだ。何とか涙をのみこんだ。私はかつて「英雄」と呼ばれていたのよ！

静かに考えた。私はかよわい。どうして小さなことを克服できないのだろう？　かつての「自分は英雄だ」という気概を思い出した。光り輝く剣を二振り持ち、一人でヒマラヤの峰に立って、傲然と世の中を見下ろしていた。「すべての不公平のために自分を犠牲にする。すべての罪悪に剣をふるう」という思いだった。英雄、偉大な英雄だ。

しかし、かよわい人は挑発に耐えられない。英雄の夢に酔っていると、波ねえさんがドアをノックした。同時に、四年間閉ざしていた私の心のドアも開いた。四年間会わない間に、どうして彼女はこんなにやつれ、やせてしまったのだろう？　彼女が暗い表情で「あなたなのね」と言うと、私の心の秘密の扉が開き、無理やり抑えていた涙と煩いのすべてがあふれそうになった。でも、私は英雄なんだ、泣いたことはないんだ。

互いにぎこちなさそうに黙って座っていると、夜になった。そこで私が「波さん、一緒にお酒を飲もう。楽しいかもしれない」と言うと、波さんもうなずいて「一緒に飲むつもりで来たのよ」と言った。そして私たちは狂ったように、一杯、また一杯と口に運んだ。まるでクジラのような飲みっぷりで、いつの間にか一壺分のお酒を飲みほしていた。それでも私が盃を挙げ「お酒を持ってきて！」と叫び続けたので、波さんは盃を持った私の手を握り「隠さん、酔ったわね。それ以上飲んだら駄目よ」と言った。彼女に言われて自分の状態に気がついた。ふらふらで支えきれず、彼女の膝に突っ伏した。体中の筋肉が緩み、固まっていた心が解き放たれた。寒風と降雪の春申江を思い出し、まだ離乳もすんでいないのに乳母から離れ、父を亡くしてしまった娘の萱を思い出した。哺乳瓶を抱いて泣いている娘を見ると、胸が締めつけられる思いだった。そして呉淞江を吹く冷たい風は、一人で霊安室にたたずむ私の震える心を切り裂いた……。ずっと我慢していたけど、お酒に酔うと我慢できなくなった。涙の泉の水門を開けると、枯れた涙の池にすぐに激しい波が立った。

思い切り泣いた。こわれてしまった夢のような前途を泣き、苦しみに満ちた運命を泣いた。つらい！　この一年、こんなに泣いたことはなかった。でも波ねえさんも苦しみの中を浮き沈みしている。私たちは「同病相憐れむ」なのかもしれない。彼女は嗚咽して「隠さん、泣いたら駄目よ。今はよその土地にいるのだから、人が嫌がるわ。我慢して！　泣きたいのなら、二人で郊外に行って泣きましょう。陶然亭に行って、一緒に泣きましょう。いつも私が泣いている場所よ。あなたもそこでつらい思いを流してしまうといいわ。二人で思い切り、天地が壊れるほど泣きましょう。でも今日は涙をのみこんで！」と言った。恥ずかしい！　私の英雄の気概はどこへ行ったのかしら？　ヒマラヤの峰から滑り落ち、愁いの海に沈んでしまったのだろう。私は相変わらず泣き続けた。一緒に来た白髪の叔母も、不幸な姪のために涙を流し、震えながらため息をついていた。部屋の中の人すべてが涙を流していたのだ！　哀れな娘萱は、半分狂い半分酔った母を見て、おびえたように震えていた。ああ、無辜の幼子よ。ごめんなさい。他人の前では英雄でなくても、そんなに恥ずかしくない。でも萱の前で英雄でなくなってしまったら、天真爛漫な心を傷つけてしまう。そんなことがあってはならない。その後萱は私の懐に身をもたせ掛け、涙のあとが頬に残る母に小さな口で口づけした。そして突然泣き出した。ああ！　私は自分を呪い、酒に憤った。酒は私を弱く、わがままにし、娘の萱まで傷つけた。私は涙を止め、萱を連れて部屋の中へ歩いていった。

部屋の中は清らかな月光があふれていたが、それが限りない寂しさを引き起こした。昔のことが多く思い出された。かつて夫とともに月に向かって祈り、誓った。でも今は、月光が照らすのはさすらう私だけ。彼はあの世にいる。私は飢えた虎のように怒り、窓のカーテンをきっちり閉めて、萱を抱いてベッドにそっと横たわった。月は私をあざ笑っているのだろうか。まもなく萱は眠りにつき、私も夢の世界へ入っていったようだ。喪服を身にまとい、一人で波立つ海の岸に立っているような気がした。とても広く、船も見えない。空は濃霧に覆われ、すべてが陰鬱だ。恐れおののいていると、突然海中から山が隆起した。峻厳たる山だったが、淡い青のシルクをまとった女の子が一人、微笑みながらうなずき「一人で何をそんなに愁いているの？　華やかさは夢と同じで、すぐに通り過ぎる」と歌いだした。

その女の子に来歴を訪ねようとしたら、突然大きな音がして山が海に倒れこんだ。驚いた私が冷や汗をかいて目を開けると、波ねえさんが酔いを醒ますスープを私に飲ませようとしていた。私が体の向きを変えると、スープの碗に当たってしまい、スープはこぼれ、碗も砕けてしまった。思わず私たちは失笑した。波ねえさんが言った。「この次はお酒は飲まないようにしましょう。そうでないと大騒ぎになってしまう。ずっとあなたに会いたかったけど、こんな騒ぎになるとは思わなかったわ。やっぱり英雄のふりをしていてよ!」

「波ねえさん、安心して。ねえさんに会わない間は泣くこともなかった。今日姉さんの前で自分をすべてさらけ出した。これからは当然ずっと英雄のふりをするわ!」

波ねえさんは私の肩をたたいて言った。「もうすぐ夜が明けるわ。月ももう沈む。あまり眠れなかったでしょう。病気になったらだめだから、眠るといいわ! 明日からみんなで努力して英雄のふりをしましょう!」

Ⅲ　煙草のエッセイ

煙草を断つ――〈老　舎〉

酒を断ったのは医者に命令されたからだが、煙草を断ったのは金銭上の問題だ。たとえば、「長刀」一箱が百元では、吸いたくても吸えないではないか！

二十二歳でタバコを吸い始めてから、今まで二十五年たった。その間に身についた習慣を取り除くのはとても難しい。

喫煙が有害だから煙草を断ったのではない。煙草を断たねばどうにもならず、やむを得なかったのだ。その日、手元に残ったのは「華麗」一本だけ。また、十元高くなったそうだ！　この三日間、毎日十元値段が上がっている！　その一本を吸い終わると、灰皿をきれいにぬぐい、マッチを引き出しの中に入れた。煙草を断たねばならない！

煙草がなければ、文章が書けない。二十数年の習慣だ。この数日、やせ我慢の連続だ！舌の先がしびれ、様々な味のよだれが口の中に湧く。のどがかゆくなり、こめかみが痙攣して痛む！　脳に隙間ができてしまったみたいだ！　でも、私は煙草より強いのだ。ひどい刑罰を科されても、踏ん張ってみせる！

ひどい刑罰の後は、悪魔が巧みな言葉で籠絡に来た。「もういいじゃないか。ベテラン作家なんだから、そんなに苦しまなくてもいいよ！　それに最近は暑い。煙草を断つのだったら、秋が来て涼しくなってからにしたほうがいいよ！」

「悪魔よ、去れ！　百元も払って、黴臭くて硬く、有害な紙巻煙草を買うつもりなどない！」

今日で六日たつが、やせ我慢はまだ続いている！　長編小説を書き続けるすべはなくなったが、構うものか！　毎日「駱駝」一箱か「華福」二十本を抗日戦争の勝利までずっと届ける、と誰かが言ってくれれば別だが。「人頭狗」や「長刀」なんかに投降することはあり得ないだろう！

何容さんの禁煙――〈老　舎〉

ここでいう煙草は紙巻き煙草であり、アヘンではないことをまずはっきり言っておく。

おととしの八月、武漢から重慶に来るまで、私は何容さんとずっと同じ部屋で過ごした。二人とも「大前門」か「使館」という紙巻きたばこを吸い、「英」はおいしいと思わなかった。重慶についてから、「英」の質が変わったのか、だんだんおいしいと思うようになり、「大前門」と「使館」を吸わなくなった。その後徐々に「刀牌」と「哈徳門」を吸うようになり、「英」は吸わなくなっていった。しばらくたって、「刀牌」や「哈徳門」

と私たちの間に食い違いが発生し、絶交状態となった。何容さんが禁煙を決心したのだ！

彼の禁煙の前、私はすでに「先に首をつってから禁煙する」とはっきり宣言していた。もともと「妻子を捨てて」外地を流浪している。安いものしか食べず、酒もパイカル（黄酒は高い）を少し飲むだけだ。女性とは交わらず、貧乏な男友達と二人で一つの部屋に泊まり、ベッドにはナンキンムシがわいている。そのうえ煙草までやめてしまえば、生きていけない。しかし、私は何容さんの禁煙に感動した。己の臆病さを恥じ、彼の偉大さに敬服した。それゆえ彼の決意が揺らがないように、部屋にいるときは私はあえて煙草を手に取らなかったのだ！　何容さんはその日十六時間眠ったが、一本も煙草を吸っていない！　目が醒めるとすでに夕方で、彼は一人で出ていった。ついうっかり煙草を勧めてしまえば、彼の決意が台無しになると思い、あえて私はついていかなかった。明かりをつけると、彼が帰ってきた。明かりに照らされた顔は微笑み、ポケットから土産の葉巻を取り出し、「これを吸ってみたらどうだい」と丁寧に私に勧めた。「コイン一枚だ。これがあるから、禁煙の必要はないよ」と言った。葉巻を受け取った私は、彼のプライドが傷つくことを心配し、何も言わなかった。二人で向かい合い、葉巻に火をつけ、じっくり味わおうとした。最初の一口で黄色い煙が出てきたので、驚いた。間違えて爆竹を買ってきたのだと思ったのだ！　幸い爆発はせず、吸い続けた。四口か五口吸うと、蚊がみんな外に飛んでいったので、私は喜んだ。煙草が味わえ、蚊も退治できる。貴重なことだ！　さらに何口か吸うと、ナンキンムシが壁面に現れ、引っ越しの準備を始めたので、もっと喜んだ！半分ほど吸うと、何容さんと私も逃げ出した。彼は低い声で「やっぱり禁煙したほうがいいみたいだ！」と言った。

何容さんの二度目の禁煙は、半日続いた。当日の午後、彼はキセルと煙草の葉を買ってきて「安い値段の煙草の葉で、三日か四日もつ。禁煙の必要はない！」と言った。何日かキセルを使って、彼は気がついた。一、携帯に不便だ。二、力を入れないと吸えない。力を入れるとやにが口に入る。三、マッチ代がかかる。四、毎日の片づけが面倒だ。この「四大弊害」のため、彼はキセルをやめ、再び紙巻き煙草を吸い始めた。「始めて葉巻を作る者は、其れ後無からんか」と彼は言った。

この二年、何容さんが何度禁煙したかは知らない。でも指先は黄色いままだ。

喫煙を語る――〈朱　自清〉

「喫煙にいいところがあるのか？　チューインガムのほうがいい。甘くておいしいから」と言った人がいる。言うまでもなく、この人は素人だ。チューインガムも悪くはないだろうが、女や子供の好物で、男は好かない。アメリカは違うようだが、どんなことにも例外はある。チューインガムをずっと噛み続けるのは上品ではない。動く頬を隠すことができず、みやびさに欠ける。喫煙とは様相が異なり、オリーブを噛むのに似ている。オリーブを噛んでいる人を見たことがあるか？　頬を膨らませ、口をもぐもぐさせている。喫煙はそんな力は要らない。ことに葉巻は手間が省ける。気が向いたときにくわえ、悠然と吸い込むだけだ。誰も気づかない。味というほどのものはない。強いて言うなら「わずかな苦み」だが、それが貴重だ。口に物寂しさを感じた時、煙草を吸えば充足を覚え、「やっぱり自分の口だ」と思わせる。チューインガムは甘くて味が強すぎ、「自分」を忘れてしまうかもしれない。

喫煙は実際面白い。葉巻を吸うとき、箱か缶を開けて取り出し、テーブルに置く。くわえた後、マッチを擦って火をつける。それぞれの動作に芝居をやっているような味わいがある。本人はそうは思わないかもしれないが、吸うのをやめると気づく。手持ち無沙汰で退屈さを感じるからだ。特に両手の置き所がない。吐き出す煙がゆらゆら立ち昇るのも、いい。

煙草を吸っているととても遠い所に行ったような気分になることがある。多忙な時でも、くつろぎを与えてくれる。それゆえ吸い慣れている人は、口にくわえるや否や、遠くに思いをはせることができる。ソファーにもたれている紳士であろうと階段にうずくまっているレンガ職人であろうと、瞬時に自由になるのである。煙草をくわえながら、他人とゆったり話すこともできる。曖昧模糊とした話だろうが、大切なのは何物をも気にかけないようなその表情だ。三昧の境地と言えるかもしれない。

　喫煙をパートナーの代わりにしている人もいる。たとえば一人で北平に滞在しているとする。友人と談笑して自分の部屋に帰ってくると、誰もいない。そういう時に煙草を一本取り出し、火をつけると温かさを感じる。夕方になり、部屋の中のものは輪郭しか見えない。明かりをつけるのが面倒なので、煙草を一本取り出し、火をつける。煙草の先にきらめく火は、親密なささやきのようで、自分にしかわからない。腹が立った時、それをまぎらわせるためには、煙草に火をつけ十口ほど吸えばいい。客が来たけど、疲れて話す気にならないときや何を話していいかわからないときは、煙草で口をふさいで応対すればいい。客もそうしたのなら、煙の中で時間を過ごせばいいのである。

　かつての水煙草や刻み煙草は、そんなに悪い嗜好ではなかったが、今は葉巻が流行っている。葉巻を吸うと指先が黄色くなるが、別に構わない。吸い口をつけて吸うのは、面倒なだけではなく、けちなことで、煙草と隔たりができてしまう。煙草の火で服に穴が開いても、構わない。たばこ一本に含まれるニコチンは雀一羽を殺せるほどだというが、構わない。思い通りにならないことがあっても、「気にしなければ」いいのである。煙草にはいいものも悪いものもあり、濃い味のものも薄い味のものもある。味の弁別ができれば専門家だし、選ばずに吸うのも玄人だ。

〈一九三三年十月十一日作　「大公報・文芸副刊」第六期〉

煙草を語る――〈林　徽因〉

人の最も親密なパートナーは何か？　私の場合は煙草だ。パートナーには、妻、愛人、親友、犬、杖などいろいろある。しかし、これらのものは扱いにくいと常々思う。不注意な言葉や振る舞いに、怒ったり腹を立てたりするからだ。杖の場合は、いつもしっかり持っていなければならない。うっかりすると影も形もなくなってしまう。

しかし煙草は、ポケットに入れておけば、おとなしくしていてくれる。長い間相手にしなくても、恨み言を言わない。頻繁に構っても、不平を漏らさない。それゆえ、常に身辺にあっても、いかなる負担も感じない。思うままに吸うのも、全然吸わないのも、自由なのである。

パートナー、最も親密なパートナーである以上、寂しさを感じればすぐに思い出す。ポケットから一本取り出してマッチで火をつけ、一口吸う。その後口から離し、燃焼している先端部分を凝視する。何かを話してくれるのを待っているように。

考えが決まらないときは、煙草に助けを求めればいい。煙草を二本の指で挟みあれこれ考えているうちに、いろいろなことを思いつくし、考えも決まる。面倒なことを取り除く際の助けにもなってくれる。たとえば、誰かがあなたのできないことを頼みにきたとする。

でも、その人にどう言って断ればいいのかわからない。そういう時に煙草を二口か三口吸えば、頼みに応じられない理由がすらすら口から出てくることがよくある。

人を待っているときの焦りを抑えるときにも使える。待っているのが愛であろうと金銭であろうとだ。腕時計を持っておらず近くに時計もなければ、煙草で待っている時間を計ることもできるのである。三十分待つ約束だったとする。ずっと煙草を吸い続け、四本目を吸う頃になると、「待ち人」がやってくるだろう。

喫煙と文化――〈徐　志摩〉

〈一〉

オックスフォードは世界的な名声を誇る学府だ。その秘密はチューター制にある。ある教授によれば、チューター制の秘密は、「弟子の喫煙に照準を合わせる」ことだという。まさに、オックスフォードやケンブリッジでタバコを吸わない学生を探すのは難しい。先生方はなおさらだ。喫煙を学び、ソファーでの奇妙な座り方を学び、あいまいに話すことを学ぶ。大学教育として十分だ。「オックスフォード人」や「ケンブリッジ人」もその範疇に入る。さっきの教授が言っていた。金銭があって学校を開設するとすれば、最初に喫るそうだ。

煙室を作り、次に宿舎を作り、それから図書館を作る、と。それでお金が余れば教室を作

〈二〉

イギリスの学生は煙草を吸って怠けると言われるのも道理だ。変なにおいの紳士だ！最近気分が悪いのも道理だ。煙草の煙でいぶされたおかしな紳士がやってきたのだから！最近は言葉に気をつけなければならない。「イギリス」と言うと、「貴族主義だ！　帝国主義だ！　走狗だ！　穴を掘って埋めろ！」などと言われてしまう。

実際の事情はそんなに簡単ではない。侵略や圧迫は呪うべきことだが、他の事項は別だ。少なくとも、イギリス自身はしっかりとした国家で、イギリス人は見込みのある民族であることは承認しなければならない。生活はきちんとしているし、文化は活気がある。オックスフォードやケンブリッジが少なくともうらやむべき学府であることも承認しなければならない。イギリスの文化や生活の母胎である。どれほど多くの偉大な政治家や学者、詩人や芸術家、科学者を輩出した（煙草の煙でいぶし出した）だろう。

〈三〉

くだんの教授の話は冗談にとどまるものではない。「喫煙主義」は研究に値するものだ。しかし喫煙室とはどういうことだろう？　どうやってキセルから文化の真髄を導き出すのか？　学生の喫煙に照準を合わせることがどうしてイギリスの教育の秘密になるのか？

くだんの教授はオックスフォードやケンブリッジの生活の真相を描写したわけではないし、自分の言葉のゆえんを話したわけではない。聞きたいと思う人もいるかもしれない。私はイギリスで二年学び、その大部分をケンブリッジで過ごした。が、厳格に言えば、私にあれこれ語る資格はない。当初は親友の温源寧さんのように「金榜」に名を連ねて正式に煙草の薫陶を受けたわけではない。半焼けのサツマイモのようなものだ。しかしケンブリッジではとても幸せだったし、今後ああいう幸せはもう味わえないとも思う。ケンブリッジがどれだけの学問を授けてくれたかはあえて言わないし、ケンブリッジの洗礼を受けて人間が変わったともあえて言わない。ただ、私の眼を開いてくれたのはケンブリッジだし、私の知識欲を突き動かしてくれたのはケンブリッジだし、私に自我意識を授けてくれたのもケンブリッジだ。私はアメリカに丸二年、イギリスにも丸二年滞在した。アメリカでは授業の聴講やレポート作成、チューインガムを噛んだり映画を見たりに忙しく、ケンブリッジでは散歩やボート、自転車や喫煙、おしゃべりやアフタヌーンティー、遊びの読書に忙しかった。無能な私はアメリカに行ったが、自由の女神を離れる時も無能なままだった。が、ケンブリッジで日々を過ごすうちに自分にはわからないことがいっぱいあることを知ることができた。この違いは小さくない。

ケンブリッジについて語りたいと早くから思っていた。限りない愛着を持っている。が、冒涜を恐れでもするかのように何も語らなかった。最近、「貴族教育」という無意識のスローガンを口に出せば、ニュートンやダーウイン、ミルトンやバイロンの母校を抹殺できるようになった。さらに近年交通が便利になったので、各種の新しい教育原理や教育制度が海外から中華にもたらされるようになった。

〈四〉

が、角度を変えて見れば、少数の見識ある人たちは国内の高等教育の混沌を憂い、過去から新たな道を見出そうとしている。外を望むと、オックスフォードやケンブリッジの蔦の絡まるカレッジが微笑み、過去を振り返ると、五老峰のふもとの泉の音が聞こえる白鹿洞のような書院が悲しげに見つめている。このロマンチックなホームシックは現代教育の劣化の程度とともに、少数の人の心の中で日ごとに深刻になっている。機械的で商売のような教育はもううんざりだ、と人は言う。蔦がいっぱいのゴシック式建築の建物で魂を癒したい、と人は言う。ゆったりとした環境で心を自由に発展させることが必要だ、と人は言う。

林語堂さんは「現代評論」に寄稿し、教育の理想について語った。最近、任叔永さんと夫人の陳衡哲女史も教育の理想について見解を表明した。林さんはオックスフォードの真似をするだけではだめだという考えだし、陳、任両氏は書院制度の精神を復活させるべきだという意見だ。この二篇の文章、ことに陳、任両氏の具体的提案はとても重要だと思う。しかし車を逆方向に走らせて過去を振り返るのは明らかに時宜に合わないので、両氏の提案には期待したほどの反響はない。思うに現在の学者たちは忙しすぎるのだろう。職を探したり役人になったり革命のリーダーになったりで、暇を得られず、暇を得たいとも思っていない。その結果、純粋の教育あるいは人格の教育に関心を寄せる人がいなくなってしまった。実に残念な現象だ。

私自身もロマンチックなホームシックだ。「草は青く、人は遠し。冷たき一筋のせせらぎ」だけが必要だ。

だが、この境地にたどり着ける日は来るのだろうか？


〈一九二六年一月十四日〉

葉巻――〈朱湘〉

煙草を吸い出してから四年になる。以前いた学校では煙草と酒を禁じていたのだ。しかし、私と葉巻はもう二十年のつきあいだ。つまり、十歳頃から葉巻の箱の中の絵を集め始めたのである。様々な色の折り紙や、各国の切手を集めるときと同じような情熱でそういう絵を集めていたのを今でも覚えている。家の中の葉巻の箱から集めたこともある。そういう時は大人が一日に十箱葉巻を吸ってくれたらいいと思っていた。当時はまだあった清時代のコインをもって雑貨屋に行き、買ってきたこともある。子供時代には子供時代の歓喜と失望がある。絵の収集について言えば、ある葉巻の箱から取り出したものが新しいものではなく持っているものと同じであれば、少なくとも半日間は気分がふさぎ、何とか既成の現実を変えたいと思っていた。シリーズになっている絵を一そろい集めると、とてもうれしかった。男が愛する女性と結婚したり、政治家が「おいしい官職」についたりしたときの喜びをも上回るほどのものだった。

葉巻の箱の中の絵という小さなものから、社会の雰囲気の移り変わりをうかがい知ることができる。現在の絵は、千篇一律で、流行のファッションに身を包んだ女性か、侠客小説の一場面を描いたものだ。そういう雰囲気は、肉欲小説や新しい侠客小説の流行という形でも反映され、ダンスホールが雨後のタケノコのように次々とできたり、未成年が家出をして侠客の世界に飛び込んだりすることにも表れている。二十年前にも、西洋美女の写真や絵がないわけではなかった。性は、古今東西強く人をひきつけてきた。十年前、十歳の頃に集めた西洋美女の写真を一枚切り抜き、小銭入れに挟んでおいた。また、「水滸」の百八人の英雄の絵もないわけではなかった。「水滸」は本来文学的価値が極めて高く、民衆の心に深く入り込んだ書籍で、古代白話文学の中で唯一男性が個性を存分に発揮している長編小説だ。当時どうしても玉麒麟盧俊義（「水滸」に出てくる英雄）の絵が手に入らなかったので、とてもがっかりしていた。しかし二十年前は、そういうものと同時に軍艦の写真や絵もあった。イギリスの各時代の有名な軍艦の絵や、海軍陸軍の軍人の写真や絵、世界各地の産物の絵などもあった……。この二十年で、外国の我が国に対する態度が変わったのは間違いない。期待が軽視に変わり、理想の中の希望が実際の利益搾取に変わった。絵という小さなものから、はっきり見える。

当時集めた様々な絵の中で、最も気に入ったのは、きれいな印刷のものでも、苦労して手に入れたものでもない。画面に成語やことわざが印字され、少し滑稽なありさまが描かれているものだった。「継続は力」とか「油断大敵」などのことわざが印字され、それをユーモラスに絵が表現していた。まるで「修身」の授業を受けているように、古文を学んでいる高等小学校の生徒には思えた。当時はまだ「児童世界」や「お友達」のような子供向けの雑誌はなかった。それらの絵が私の幼年時代の「児童世界」や「お友達」だった。

絵は、葉巻の箱の付属品に過ぎず、その家の子供だけが楽しむものだ。が、中国という教育、ことに児童教育の遅れた国においては、教育的な意味を持つものはすべて歓迎されるべきだ。とはいっても普通の喫煙者にとっては絵はどうでもいいものだ。それゆえ外国や中国で売りに出される葉巻の箱や缶の中には、絵が入っていないものもあった。

葉巻のにおいには子供の頃から慣れていた。いいにおいだと思い、煙を両手で招き寄せ、吸ったこともある。喫煙については、少年時代に試したこともある。が、そんなにおいしいとは思わなかったので、その時はやめ、大人の言うことは正しいと固く信じた。葉巻は煙の臭いをかぐのはいいが、実際吸うとおいしくない、頭がくらくらすると大人たちは言っていた。

初めて正式に葉巻を吸ったのは、二十六歳の時だ。アメリカ西部の港で帰国する船を待っていた。初めて正式に吸った葉巻は、当時アメリカでもっとも流行っていた「ラッキー・ストライク（Lucky Strike）」だ。新聞や雑誌でいつもその目を引く広告を見ていたし、葉巻のことは全くの素人だったので、船を待つ退屈さを紛らわせるには、葉巻を吸うのが一番便利だと思ったのである。私は「ラッキー」に「ストライク」されたのかもしれない。

船が日本を過ぎるときにも、日本産の葉巻を吸ったが、小さなものだった。日本産のマッチを使ったが、小さな箱だった。

帰国してから、古くて狭い都市で働いた。ちょうど「美麗」の煙草がはやり始めたころだ。煙草の葉をカンゾウでいぶしたからか、甘みが少しあったので、それを吸った。禁煙したこともある。が、数日たつと口の中にできものができた。たぶん清潔な水の外国から帰ってきて、ばい菌でいっぱいの川や井戸の水でうがいをしたからだろう。そう思って再び葉巻を吸い始めると、数日後にできものは消えていた。それ以降、葉巻は私の習慣となった。医学的には葉巻に毒が含まれているともいわれるし、葉巻は有益だという新聞記事を読んだこともある。が、私は気にしない。みんな葉巻を吸っているのだから、私が吸ったっていいじゃないか。毒というなら、茶葉にも毒がある。しかし茶葉は中国の民衆にずっと愛され、文人墨客もめでてきた。今では中国から世界各地に輸出されている。煙草が熱帯から世界各地に広まったのと同じだ。古代の飲み物については、中国には幸いにも茶があり、西洋には幸いにもビールがあった。そうでなければ、みんな冷水を飲んだので、人類はとっくに絶滅していただろうと言った人がいる。気持ちのいい言葉だ。しかし、物事には正と反の二面がある。医学的に見れば、煙草にも酒にも毒がある。しかしアヘンとブランデーは、医者も病気の治療に使う。有毒か無毒かは簡単に言えない。ただ程度をわきまえるべきだろう。

　葉巻を吸うことが正式に習慣になって以降、最初は一日数本だったのが数十本に増えた。そのうえ、好奇心に駆られ、また環境に迫られ、いろいろな葉巻を吸った。江蘇料理のような「バージニア」や四川料理のような「エジプト」。舶来品も国産品も。「ネービーカット」も「ストレートカット」も。吸い口がついたものもついていないものも。私は煙草のために煙草を吸っているわけではない。この点は自認しており、恥ずかしさを感じてもいる。私が煙草を吸い始めたのは退屈さを紛らわせるためで、それが習慣になったのだ。私自身の生存と同じだ。葉巻を買うときは、特定の種類にこだわらない。ただ、のどを刺激するものは買わない。喫煙における私の立場は、幼い頃絵や切手を集めていた時と同じで、一部の人が女を買う時と同じだ。真面目に言えば、一般人の生活の享受と同じである。

　私は生活を咀嚼しているが、その味はあまりわからない。それなら、煙草の味がわからずに煙草を吸うのも、まあ許されるだろう。私が知っているのはいい葉巻は濃いけど辛くない、悪い葉巻は辛いけど濃くない、ということだけだ。そして普通の葉巻は近寄ってもすぐに忘れてしまう。しばらく吸っていないときか吸い過ぎたときを除いて。

シガレットホルダーは便利ではあるが、私個人は好きではない。唇にじかに葉巻を加え、肌に触れる楽しさを味わえないからだ。葉巻の包装紙で唇の皮膚が切れ、血が少量流れるようなことがあっても、それはたまたまのことで仕方がないと思う。シガレットホルダーはないほうが、私はいい。

吸い口については、個人の生活や中国の進路といった問題と同様、慎重に考えたことがある。吸い口とシガレットホルダーは、同一の理由に基づいて作られた。しかし吸い口を数日使用すると、気管に交通渋滞が発生する。やにと煙が戦いを始めるのだ。結局やにはますます多くなるが、煙はどんどん少なくなり、吸い口は機能しなくなる。清潔さのために使用しているものが清潔でなくなってしまう。喫煙とは本来多くの煙を口やのどに吸い込むことなのだが、唇と頬に力を入れても煙が来なくなる。吸い口の掃除は楽しいことではない。喫煙は暇つぶしではあるが、吸い口のやに掃除に暇を使いたいと思う人は少ないだろう。人差し指と中指の指先が黄色くなってもいいから、吸い口を使わず爽快に煙草を吸って、満足したい。

修行僧のような気を起こして、禁煙しようと思ったこともある。が、朝起きてみると、のどがむずむずして、痰が出る……でも、何とか我慢する。昼食が終わって満腹すると、愁いが解け、「すべては成り行きまかせ」という気になる。そこで自分が禁煙しようとしたことを思い出し、腹を抱えて笑い出すのである。禁煙しようがしまいが、たいしたことではない。満腹したのだから、あれこれ考えるのはやめよう。そして一昼夜ぶりに煙を深く吸い込む！

手元に金がなくなり、「節約」のため禁煙せざるを得ないときもある。禁煙が無理なら、一日に吸う本数を限るべきだ、ということになる。そこで空き缶にその日に吸う本数だけを入れておく。これを数日続けると、ある日、挫折する。たいていは詩を作っている時なのだが、本来の趣旨に反逆し、夜中に空き缶に多くの葉巻を加えるのである。私、及び一般人は、救いようがないくらい愚かだ。一時狂ったように煙草を吸い、その後苦しんで自分を責める。長期間持ちこたえられるように、算術に基づいて分配することをしようとしないし、できないのだ！

葉巻は、先に書いたように、近寄ってもすぐに忘れてしまうものだ。しかし葉巻と関係のある様々な事物にはいい味があるので、「思い出」という池から取り出して、細かく味わう。子供の頃絵を集めていたことの影響かもしれない。この世界では、事物本体には味がなく、それに付随するものに味があるのである。

葉巻の缶の装飾については、「ギャリック」が一番いいと思う。私が「古を思う深い考えを起こす」文人だからかもしれないが、イギリスの古代に名をはせた人の名を商品名に使い、缶にその肖像も描いている。古代イギリスの文人のたばこ賛美の言葉も引用されており、私が最も好きなものだ。美人の手から花を渡された時と同じで、花の美しさの上にさらなる美を連想するのである。

広告については、葉巻業界はかなりの金銭を投じている。その巨額の広告費を葉巻の質の向上に使ってくれれば、葉巻を吸う人の恩恵も増えるのではないか。すべての広告に反対するいくらかの人と同じように、葉巻の広告についてはそういう考えを抱いていた。が、今はもうわかった。人の感覚や思想は自身の域に限定されるのだ。天地開闢以来ずっとそうだ。実在のものであれ抽象のものであれ、棒で攻撃されなければ、感覚も思想も何の反応も起こさない。派手で刺激的な広告がなければ、人はその品物に注目しない。広告は品物に限ったことではない。求愛者の飾りや服は求愛者の広告だし、政治家の宣言は政治家の広告だ。各人の言葉や行為もまた各人の広告なのである。広告が人の性質に基づくものである以上、大いにやればいい。多額の金銭を使っても、浪費とは言えない。

広告には愉快な連想を増やすという効能もある。「ラッキー・ストライク」という葉巻の広告は特殊なものだった。雑誌の各号に、有名な歌手のカラーの絵を載せ、その下部に歌手というのどを最も大切にしなければならない人たちの「この葉巻はのどにいい」と書いた手紙を印刷し、その下にこれらの歌手のサインまで掲載している。ひょっとしてこのサインは会社がお金で買ったものかもしれない。この葉巻を買う人が愚弄されているとは言えない。葉巻の値段がこの広告のために高くなったわけではないからだ。一歩進めて言えば、宗教にせよ愛国にせよ、その利益を全く取り上げなければ愚弄していることになるかもしれない。この広告は売り上げ増に寄与しているが、同時に購入者に愉快な連想をもたらしてもいる。あの有名な歌手も同じ葉巻を吸っているのだな、ということだ。

葉巻を吸うことは運命だったともいえる。十歳の頃から、形を変えた広告である「絵」をずっと見てきたからだ。

【原作者紹介】

魯　迅（ろ じん）：一八八一―一九三六。浙江省紹興生まれ。中国文学の父と称される。一九〇二年日本に留学。代表作「阿Q正伝」、「狂人日記」など。

周　作人（しゅう さくじん）：一八八五―一九六七。浙江省紹興生まれ。魯迅の弟。著名なエッセイストであり、詩人。一九〇六年日本に留学。日本古典文学を多数翻訳。

老　舎（ろう しゃ）：一八九九―一九六六。北京生まれ。中国を代表する作家。代表作「駱駝祥子」、「茶館」など。

郁　達夫（いく たっぷ）：一八九六―一九四五。浙江省富陽生まれ。作家、詩人。東京帝国大学に留学。代表作「沈倫」。

張　恨水（ちょう こんすい）：一八九五―一九六七。安徽省安慶の人。小説家。一九一一年作品を発表し始める。一九二四年「春明外史」で名を成す。一九六七年北京で死去。代表作「金粉世家」など。

周　痩鵑（しゅう そうけん）：一八九五―一九六八。江蘇省蘇州の人。作家、翻訳家。六歳で父を亡くし、苦労して勉強を続ける。園芸家としても有名。「祖国之徽」など。

金　受申（きん じゅしん）：一九〇六―一九六八。北京の人。民間文芸家、民俗学者。北京大学で文学や哲学を学ぶ。「中国純文学史」など。

繆　崇群（びゅう　すうぐん）：一九〇七―一九四五。江蘇六合の人。日本に留学し、一九三一年に帰国。雑誌の編集に携わった後著作を始める。一九四五年肺結核で死去。「夏虫集」など。

范　烟橋（はん　えんきょう）：一八九四―一九六七。呉江同里の人。小説、映画、詩、絵画など多くの面で活躍。「中国小説史」、「呉江県郷土誌」など。

鄭　振鐸（てい　しんたく）：一八九八―一九五八。浙江省温州で生まれる。作家、詩人、学者。一九五二年中国作家協会に加入。一九五八年飛行機事故で死去。「中国文学研究」全三冊を編集。

石　評梅（せき　ひょうばい）：一九〇二―一九二八。山西省陽泉生まれ。「中華民国四大才女」の一人。一九二三年北京高等女子師範を卒業。一九二八年脳炎で死去。代表作「墓畔哀歌」。

盧　隠（ろ　いん）：一八九八―一九三四。福建省閩侯生まれ。五四時期の著名な作家。「福州三大才女」の一人。北京高等女子師範卒業。「曼麗」など。

朱　自清（しゅ　じせい）：一八九八―一九四八。江蘇省東海生まれ。詩人、エッセイスト。北京大学卒業後、清華大学中文系教授に就任。代表作「雪朝」、「踪跡」など。

林　徽因（りん　きいん）：一九〇四―一九五五。福建省閩侯の人。建築家、作家。ペンシルベニア大学美術学院卒業。天安門人民英雄記念碑の設計に参加。「福州三大才女」の一人。

徐　志摩（じょ　しま）：一八九七―一九三一。浙江省海寧生まれ。詩人、エッセイスト。一九一八年アメリカへ留学。一九二一年イギリスへ留学。一九二四年北京大学教授に就任。一九三一年飛行機事故で死去。「偶然」、「愛眉小札」など。

朱　湘（しゅ　しょう）：一九〇四―一九三三。湖南省沅陵に生まれる。詩人。清華大学で学ぶ。一九三三年川に飛び込んで自殺。詩集「石門集」、評論集「文学閑談」など。

編訳者あとがき

今回は、茶、酒、煙草という嗜好品に関するエッセイを集め、翻訳してみた。著作権の関係上、死後五十年以上経過している人たちばかりである。

茶の原産地は中国だが、千年以上前に日本に伝わったといわれている。茶道など独自の発展を遂げたようだが、中国茶を愛好する人も多い。また、最近は日本の緑茶を中国に輸出する動きもあるようだ。清酒も中国に輸出されており、嗜好品を通じた日中間の交流に本書がお役に立てば幸いである。

令和元年五月十六日

多田　敏宏

編訳者紹介

多田 敏宏（ただ としひろ）

1961年、京都市に生まれる。
1985年、東京大学法学部卒業。
2006年から2017年まで中国の大学で日本語を教える。
訳書『わが父、毛沢東』『ハイアールの企業文化』『中国は主張する』
編訳書『中国、花と緑のエッセイ』『中国、四季のエッセイ』

中国、茶・酒・煙草のエッセイ

2019年10月1日　第1刷発行

著　者　多田敏宏
発行人　大杉　剛
発行所　株式会社 風詠社
〒553-0001　大阪市福島区海老江5-2-2
大拓ビル5-7階
TEL 06（6136）8657　http://fueisha.com/
発売元　株式会社 星雲社
〒112-0005　東京都文京区水道1-3-30
TEL 03（3868）3275
装幀　2DAY
印刷・製本　シナノ印刷株式会社

ISBN978-4-434-26646-1 C0098